불편한 레스토랑

불편한 레스토랑

초판 1쇄 인쇄 2023년 9월 14일
초판 1쇄 발행 2023년 9월 20일

지은이 변혜정X안백린
펴낸이 정해종

펴낸곳 ㈜파람북
출판등록 2018년 4월 30일 제2018-000126호
주소 서울특별시 마포구 토정로 222 한국출판콘텐츠센터 303호
전자우편 info@parambook.co.kr
인스타그램 @param.book
페이스북 www.facebook.com/parambook
네이버 포스트 m.post.naver.com/parambook
전화 (편집) 02-2038-2633 (마케팅) 070-4353-0561

ISBN 979-11-92964-56-0 03810
책값은 뒤표지에 있습니다.

오지랖 엉뚱모녀의 굽신굽신 영업일기

불편한 레스토랑

변혜정 X 안백린 지음

파람북

들어가며

《불편한 레스토랑 - 오지랖 엉뚱모녀의 굽신굽신 영업일기》는 다양한 종(種)들의 협업으로 집필되었다. 각각 셰프인 딸과 서버인 어머니, 직원들, 강아지 엠버와 처빌, 텃밭에서 자라는 각양각색의 채소들, 많은 익명 지지자들, 그리고 비건인 것을 굳이 밝히지 않는 비건 다이닝 '천년식향'에 찾아와 주신 여러 손님들의 다채로운 경험으로 이 책은 탄생했다. 출발은 '비건' '음식' '장사'를 화두 삼아 일하며 얻은 경험들을 쓰기 시작한 것이었다. 설명하기 어려운, 답이 없는 다양한 생각들을 차근차근 기록하지 않았다면, '천년식향'은 아마 진작 사라졌을 것이다.

여기까지 오느라 정말 힘들었다. 물론 쏠쏠한 재미마저 없었다고 하면 거짓이다. 그 맵짠단짠한 기억을 글로 구체화하는 과정에서, 품었던 고민이 해답으로 뚜렷해졌으면 했다. 음식을 만들고 먹고, 그리고 술을 판다는 것이 무엇인지를, 특히 한국사회의 비건이 소비되는 과정을 묻고 싶었다. 음식을 만들고 먹고 서비스하는 것이 여성성과 관련이 많다는 것을, 한국 사회에서 여성(셰프)이 살아나기 힘든 구조는 사실이란 것을, 그래서 발견한 생존 전략-오지랖과 굽신굽신 사이의 그 무엇-을 얘기하고 싶었다. 또 욕심일 수 있지만 '채소 음식' 자영업자가 '소도, 사람도, 지구도 함께 살리는' 상호 상생의 꿈을 가지고 있다면 실패할 것인지, 성공할 것인지를 검증하고 싶었다. 적은 자본으로 꿈을 키우는 방법들을, 무엇보다 새로운 가능성과 기회를 전수하고 싶었다.

와인이나 물을 따르면서 손님 몸에 실수로 흘린 것을 닦는다고 '나도 모르게' (손님의) 몸에 손대는(?) 무의식적인 버릇도 알게 되었다. 30년 동안의 내 화두였던 (직장 내) 성희롱에 대해 다시 생각하는 지점이었다. 또 공간과 음식을 단장하는 것과 외모를 꾸미는 것을 통해 아름다움이 무엇인지를, 좋은 재료로 만든 맛있는 요리로 손님을 환대하며 동시에 가격을 합리화하는 것은 쉽지 않다는 사실을 배웠다. 또한 '제로 웨이스트(zero waste)'를 실천하기 위해 이 빠진 접시를 사용하면 '서비스 제로'인지, '소 살리겠다'며 힘들게 일한 직원에게 고마움을 어떻게 표현해야 하는지, 풀리지 않는 여러 고민거리의 답을 찾으려 애썼던 3년이었다.

지향과 현실 사이에서 다양한 질문의 답을 찾으면서 절망에 갇힐 뻔했던 삶의 의욕이 생겼다. 새로운 꿈을 꾸는 사람들, 비건, 생명, 지구 건강의 가치를 나누고 싶은 사람들, 비건의 사업화를 고민하는 사람들, 약자들과 서로서로 함께 살기를 고민하며 우리가 갈 길을 함께 열면 좋겠다. 동시에 비건이 트렌드라고 하지만 그냥 소비하기에는 '말도 되지 않는 음식 자영업의 현실'을 전하며, 한국의 미식 문화 업그레이드를 위한 초석이 되기를 희망한다. 물론 '돈 벌기 계발서'로는 턱없이 부족하다. 그럼에도 '지구에게는 턱없이 친절하지만 손님에게는 불편할 수 있는 이 공간에서' 손님도 주인도 더 즐겁고 덜 힘들게 하는 비결을 공유하며, 세상 사는 맛과 멋, 재미에 대하여 나누고 싶다. 특히 엄마와 딸, 여자들이 재미있게 소통하는 노하우도 전하고 싶다. 그것의 필수 조건인, 엄마의 꼰대 자각 일기 역시.

이 세상의 장사하는 분들, 특히 음식 재료를 탄생시키고 요리를 만드는 모든 분을 정말로 존경한다. 더 역동적인 음식 창업 분투기가 나오기를 기대한다. 마지막으로 평행선은 만날 수 있다는 희망을 준, '결코 친절하지 않은, 불편한 레스토랑' 천년식향이 버틸 수 있도록 도움을 준 모든 이들에게 진정으로 감사한다.

2023년 초가을

따듯한 빌딩 숲에서 모든 엄마를 그리워하며,

특히 나의 강아지로 살고 싶다는 엄마에게 그지없이 죄송해하며

천년식향

For Sincere Pleasure and Tense Moment

1. 제로 웨이스트 실천으로 불편하더라도 지구와 내 건강을 책임집니다

2. 영어로 모든 요리 설명이 가능한 글로벌한 비건 다이닝입니다

3. 소수의 손님을 맞춤형으로 환대합니다

4. 내추럴 와인 소믈리에가 마리아주를 고려한 와인으로 스토리텔링합니다

5. 참신한 발효 채소의 사치로 쾌락과 릴렉스를 만끽할 수 있습니다

6. 솔직한 욕망으로 긴장의 순간을, 소통의 만남을 즐길 수 있습니다

7. 무엇보다도 오감이 행복한 맛있는 요리를 드실 수 있습니다

차례

들어가며 4

프롤로그

오지랖과 굽신굽신 사이 어딘가에서 12

1 트렌드는 좋지만 뒷감당은 힘들고

1. 꼰대가 서빙을 시작한 이유 26

2. 피임 없이 출산하다 33

3. 슈퍼카 페인트 범벅 사건 43

4. 팔로워 200명 떨어졌어요 51

5. 강아지 오마카세 57

당당한 창업 십계명 63

2 돈도 좋지만 가치는 지키고 싶고

1. 새로 살까 고칠까 66

2. 남극 레스토랑, 낭만이기는 너무 추워 72

3. 귀찮음과의 투쟁기 77

4. 와인에 빠진 초파리는 용서 못해 82

5. '깨진 그릇 서빙'은 주인장의 의도 89

6. 신비주의 영업전략? 94

지속가능한 돈벌기 십계명 101

3 배부르고 싶지만 아름답게 즐기고 싶고

1. 창의적 불안을 위해, 혼술 하실래요 104

2. 너무 자랑질 같지만, 'FOOD is FASHION'을 배우다 110

3. 좋은 재료는 감사하지만 싸게 먹고 싶고 122

4. 엄마여자들이 와인바에 오지 않는 이유 134

5. 좋은 거 마시려고 내추럴 와인 수입 전문가가 되다 138

6. 와인 팔려는 수작(手作)? 145

7. 음식이 꼭 연료만은 아니다 153

Fashion Food, 내추럴 와인 즐기기 십계명 159

4 고기 좋아하지만 비건도 하고 싶고

1. 고기를 좋아한다는 착각 162

2. 당근이 고기맛이면 난 토끼가 될래 170

3. 비건여부는 비밀, Rather Not Say? 177

4. 고기가 아닌데 왜 비싸요? 182

5. 채소의 관능, 남성을 유혹하다 189

나와의 대화, 음식일지 십계명 198

5 내멋대로 하고 싶지만 평판은 무섭고

1. 술집 여자의 비밀 200

2. 음란한 와인의 조신한 맛 205

3. 설명 거부 메뉴, "섹스…." 209

4. 손님들의 오묘한 밀당 217

5. 서버와 셰프, 기대수준은 어디일까? 222

정직한 평판/홍보관리 십계명 227

6 오지랖은 싫지만 왕은 되고 싶고?

1. 백반집 아줌마가 어때서요? 230
2. 성희롱과 서비스 사이에서 234
3. 성차별적(?) 메뉴 추천 238
4. 배달하다 가슴 졸이다 245
5. 개 밥그릇 환불 사건 249
6. 비건은 미친 짓이다? 256
7. 맛있는 비건, 불편한 레스토랑 262
환영받는, 멋진 손님 십계명 270

에필로그

첫 번째 : 천년식향 대표로 272
두 번째 : 사랑하는 딸로 274
세 번째 : 우아한 히피, 수많은 지수님을 위하여 277
꼰대 소통 십계명 280

프롤로그

오지랖과 굽신굽신 사이 어딘가에서

반성한다. 당연하다는 듯 내 몸에 붙어버렸던 '특권'에 대하여, 그리고 한때 교수로서 내가 옳다고 생각했던 것에 대하여 돌아본다. 장사를 하면서 반성했으니 오로지 장사 덕분이다. 장사(掌事)란 한자 뜻 그대로 손바닥(掌)과 일(事), 맨손을 걷어붙이고 용을 써서 하는 일이다. 그동안 여러 사람들 앞에서 강의할 때 손, 발, 머리, 가슴, 그리고 온몸으로 임한다고 자부했건만 그때는 알지 못했던 것들을, 장사하면서 깨닫게 되었다.

손님들과 부딪치며 장사하는 것은, 배운 사람의 위치에서 무엇인가를 전달한다는 과거의 태도로는 절대 할 수 없었다. 나는 교육자로서 수강자와 상호 평등하게 강의한다고 생각했지만 절대로 평등하지 않았다. 특권의 위치에 있었다. 그런데 장사는 손님과 평등을 넘어 때로는 그들을 모시는 일이다. 물론 평등한 주인과 손님 관계를 꿈꾸었지만 쉽지 않았다. 주인장이 먼저 위치 이동을 하지 않는 한 장사란 불가능하다.

이 책은 '정치적으로 올바른 이야기'가 아니다. 실천하기 어려운 '꼰대'의 권유도 아니다. 오히려 정치적으로 올바른 이야기들이 그/그녀들

이것은 '관계'에 대한 일상적인 이야기다.

을 얼마나 불편하게 했는지를 반성하는, 그냥 발가벗은, 솔직한 이야기다. 다르게 말하면, 우리 모녀의 주제인 '음식과 섹슈얼리티', 즉 관계에 대한 일상적인 이야기다. 또한 '지구 건강과 상생을 위한 꿈 꾸기'와 '돈 벌기' 프로젝트 사이의 긴장관계에 대한 이야기이기도 하다.

섹스와 스테이크라는 이상한 조합을 기치로 내걸고, 남사스럽다고 질문조차 하지 않는 주제를 대놓고 떠드는 장소. 어려워하지만 사실은 어려울 것 없었던, 그리고 다들 내심 하고 싶었던 당신들의 섹스 이야기를, 매일 먹는 음식에 얽힌 지구 환경 이야기를, 그 안의 이중적인 욕망을 이야기하는 장소. 그곳, 천년식향에서 실은 갈팡질팡하던 주인장의 고심을 나누고 싶었다. 그 과정에서 딸과 엄마, 손님과 주인, 제도와 가치, 그리고 현실과 이상이라는 다양한 평행선 아래 깔려 있는 구조가 드러났으면 했다.

누군가는 '모녀가 같은 공간에서 일하는 것은 상상할 수 없다'며 자신은 '엄마와는 여행도 사절'이란다. 실은 장사를 시작도 하기 전에 딸과 나 역시 의견 충돌로 한동안 서로 얼굴도 안 봤다. 시작하고 나서도 그만둔다는 이야기를 수없이 했다. 그럼에도 서로를 진솔하게 대등하게 알아간다는 목표 아래 장사를 하고 있다. 지금도.

누가 비판한 것처럼, 천년식향은 '먹는 것 가지고 장난치는 거냐'부터 '장사의 1도 모른다', '망하지 않고 유지하는 것이 기이하다', '먹고 살만해서 자아실현이라도 하겠다는 거냐'라는 이야기를 듣는, 그런 공간이다. 인정한다. 이곳은 놀이의 공간, 기이한 실험의 장, 요리에서 자아실현을 추구하는 엉뚱 모녀의 '불편한' 공간이다. 그래서인지 장사의 목적인 '돈'은 벌지 못했으니 뭐라고 해야 할까. 그럼에도 3년의 코로나 시절은 어떻게 버텨냈다. 우리 모녀는 토론으로 버텼다. 음식값, 서비스값은 어떻게 책정되는지, 그동안 무엇을 팔았는지, 어디까지 서비스인지, 그리고 앞으로 무엇을 팔 것인지 매일 밤 이야기하고, 배우려고 노력했다. 그 덕에 '유노동 무임금'으로 경제적 '돈'은 벌지 못했지만 지적, 사회적 자원은 번 셈이다. 돈으로 환산될 수 없는 비재무적 자원!

영 일반적으로는 보이지 않는(그러나 속을 까보면 무척 익숙한 그 느낌일) '엉뚱 모녀'의 불온한 그러나 쫀득쫀득한 이야기를 듣다 보면 다들 엉뚱하게(?), 그리고 더 재밌게(!) 살고 싶지 않을까? 자신의 '비밀스러운' 이야기를 더 하고 싶어지지 않을까? 나는 그런 기대를 건다. 어떻게 사는 것이 잘 사는 것인지는 여전히 어려울지라도, 여전히 혐오와 차별이 난무하는 세상에서 우리 모두 조금이라도 '잘' 살아봤으면 하는 마음을 담았다.

이 책은 그동안 일기처럼 써 내려간 기록들을 뼈대로 삼았다. 천년식향 인스타에 소개된 손님들의 솔직한 후기들도 포함시켰다.

첫 번째 장 '트렌드는 좋지만 뒷감당은 힘들고'는 사람들이 늘 궁금해하던 질문들에 대한 답변이다. 사람들은 어떻게 '이런 일'을 하게 되었는지를 참 궁금해했다. 그러니까 공부를 할 만큼 한 사람들이 식당 일을 하는 게 이상하게 보인다는 얘기다. 실제로 공부와 장사는 별 접점이 없었다. 그래도 '비건' 장사이니 특별히 배운 게 쓸 데가 있었다고 해야 하나? '딸의 요리사 행'을 반대하지 않았느냐는 질문도 많이 받았다. "비싼

영국 유학까지 시킨 자식인데 왜 요리사 시키세요?"

물론 나 역시 한 번도 상상하지 못했던 '장사'다. 그런데도 '처음부터 경험자는 없지 않은가? 아니, 나는 57년간 음식을 먹었으며 자본주의 사회에서 수많은 물건을 사는 소비자로서 장사의 절반은 알고 있으니 어쩌면 경험자가 아닌가?' 하고 생각했지만, 알고 보니 그 경험은 속 빈 강정이었다. '무경험자가 장사하면 망한다', '그렇게 아무나 장사하면 안 된다'는 충고가 괜히 많았겠나 싶기도 하다. 그런 차원에서 '당당한 창업 소통 십계명'을 정리했다.

두 번째 장, '돈도 좋지만 가치는 지키고 싶고'는 가치와 신념을 모토로 삼는 비건 다이닝과, 자영업의 근본 목적인 돈 벌기 사이의 충돌 이야기다. 지구, 건강, 인권 등의 가치를 판매하면서 이윤까지 함께 고려하자니 매번 평행선을 달리는 느낌이었다. 돈은 벌어야 하는데 벌 수 없는 상황을 만드는 나 자신을 매일 검열하게 되기도 했다. '최소 소비'를 주장하는 비건 문화, 화려하고 사치스러우면 비건일 수 없다는 이상한 믿음 속에서 비건 음식을 판매하는 것이 솔직히 겁도 났다. 게다가 사고와 언어로는 '가치 소비'를 주장한다고 해도 소비자로서 손해 본다고 느끼기 시작하면 좋아할 사람 드물다.

손님들 포함, 모든 사람들이 1도 불편을 참지 않으려 한다는 것은 자영업의 엄연한 현실이다. 하지만 불편함 제거만이 최상의 친절한 서비스는 아니라는 결론을 냈다. 그래서 악플이 두려워도 '귀차니즘'과 다 같이 싸우는 방법을 열심히 찾았다. 한편으로는 다양한 가치 소비 방

자극적인 떡갈비를 모티브로 한 Pleasure & Danger, 레드 와인과 페어링하면 좋은 마리아주가 된다.

연시 초밥 플레터, 연시를 5시간 동안 저온 조리하면, 참치 같은 식감을 만들 수 있다.

법을 배웠다. 묵묵히 자신의 길을 가는 수제 장인도 존경하지만, 수제(handmade) 노동력의 기계화를 통한 이윤 창출에 대해서도 겸허한 마음을 지니게 됐다. 그러면서 모든 사람이 만족할 수 없고, 모든 사람에게 칭찬받을 수 없다는 진실을 깨닫고, 지금 이 순간의 타겟 집단을 분명히 하기로 했다. 다양한 돈 벌기 전략과 천년식향의 가치 충돌에 대해 고민한 결과는 '지속가능한 돈 벌기 십계명'으로 정리했다.

세 번째 장, '배부르고 싶지만 아름답게 즐기고 싶고'는 음식이 무엇인지 고민하는 장이다. 운전을 좋아하던 나는 장래희망으로 택시 운전사는 생각해본 적 있지만 음식업은 생각지도 못했다. 요리를 못하기도 하지만 일명 '알약으로 끼니가 가능하면 그거 먹겠다' 쪽이기도 했기에. 음식은 생존의 필수 조건이기도 하고, 기후 변화나 식량 위기와 얽힌 전 지구적 문제이기도 하지만, 나와의 대화 방법이자 타인과의 소통의 매개체이기도 하다. 돈 많은 사람이나 먹는다는 파인(fine) 다이닝, 정갈한 한정식도 아름다운 식사지만 팜투테이블의 귀한 재료로 만든, 나를 위한 한 끼 음식도 아름답다.

그리고 와인. 나는 여름 저녁 식사는 밥 대신 쌀로 만든 막걸리 한잔과 포도(또는 포도주)로 대신하는 사람이다. 그런 내게, 음식의 하나인 와인을 오픈할 때의 기쁨이란 이루 말할 수 없는 것! 채소 요리에 마리아주로 어울리는 와인은 건강에 좋은 지중해식 식단의 요점인 동시에, 쌓인 긴장을 없애는 행복한 전략이기도 하다. 결국 와인수입사까지 차리며 가장 덕 본 사람은 나다. 물론 같이 사는 남자도 아주 좋은 와인을 한

잔씩 반주하니 이보다 더 좋을 수는 없다.

그러나 채식과 와인의 패셔너블한 조합을 장사로 연결시키는 것은 쉽지 않았다. 아직까지는 한국인들에게 익숙하지 않은 개념이 곧 마리아주다. 와인 값도 부담스러운데 차라리 음식 양을 많이 달라고 손님들이 불평하는 것은 당연하다. 5년쯤 후면 더 나아질 것이라는 사람들의 '웃픈' 격려는, 한국에서 와인, 특히 내추럴 와인 장사는 아직도 갈 길이 멀다는 체험을 재확인시켜 주었다. 그럼에도 와인만큼 음식을 즐기는 방법은 없다고 자신하며, 'Fashion Food, 내추럴 와인 즐기기 십계명'을 소개한다.

네 번째 장 '고기 좋아하지만 비건도 하고 싶고'는 천년식향에 오는 손님들의 이야기 속에서 구현되었다. 원래 나는 고기의 냄새와 식감이 싫어 고기를 자주 먹지 않았다. 소화도 잘 못 시킨다. 반면 린은 돼지갈비며 감자탕 등 고기를 무척 좋아했다. 오죽하면 '고기 총량의 법칙'에 의해 린이 어릴 때 고기를 많이 먹어서 지금 채소 요리를 개발하는 거라는 확신이 들기까지 한다.

실제로 고기 맛을 알아야 '고기 같은' 채소 요리를 만들 수 있다. 사람들이 얼마나 고기를 좋아하는지, 음식 맛과 가격 판단 기준이 고기, 그것도 한우가 아닌가. 명절에 너도나도 선물로 받고 싶은 것이 마블링 가득한 한우고, 한동안 백화점 광고지는 아름다운 여성이 등장하는 한우 광고로 가득했다. 그러니 원가가 싼 채소는, 아무리 맛있게 만들어도 한

시작하고 나서도 그만둔다는 이야기를 수없이 했다. 그럼에도 서로를 진솔하게 대등하게 알아간다는 목표 아래 장사를 하고 있다. 지금도.

우만큼의 비용을 받을 수 없다. '노동력을 고려하면 이 채소 요리가 비싼 게 절대 아니다', '제값도 안 되는 비용이다', 하며 아무리 외친다 한들 사람들은 납득하지 못한다. 이건 정말 구조적 문제다.

비건 사업이 정말 '미친 짓'인 이유, 그것이 고기를 선호하는 사회가 채소를 경시하고 노동력을 경시하기 때문이라고 하면, 너무 나간 주장일까? 아니, 누가 우렁각시처럼 모든 걸 묵묵히 해주기만을 바라는 심리가, 그리고 가성비 문화가 비건 다이닝이든 어디든 대자본만 생존할 수 있게 만들어준 것이다. 채소 요리 가격의 하향 평준화는 농부와 음식 노동자의 노동력을 인정하지 않는다. 그러다 보니 맛있는 채소 요리를 위해 시간과 에너지를 쓰기는 너무 힘든 일이 되어버렸다. 주변의 맛있는 비건 식당들이 그래서 안타깝게도 하나둘 망해간다!

고기이든 채소든, 음식을 만든 사람들에게 감사를 표현하는 과정이 필요함을 알리기 위해, '나와의 대화, 음식일지 십계명'을 마지막에 넣었다. 감사야말로 나 자신을 토닥이는 방법이기도 하다.

다섯째 장 '내멋대로 하고 싶지만 평판은 무섭고'는 술과 섹스라는 욕망, 그리고 언뜻 내 맘대로 할 수 있을 것만 같아도 타인의 시선으로 마음대로 하기는 어려운 그것들의 현실에 관한 이야기다.

술과는 거리가 멀어야 할 것 같은 여성으로, 게다가 그동안 학계에서 국내의 성폭력의 주범인 음주 문화를 열심히 비판해 오기도 한 내가 술을 파는 것에 주변 지인들은 다들 놀랐다. 와인을 팔면서 네이버에 천년식향이 '술집'으로 등록되고 그와 동시에 나는 '술을 파는 여자'가 되자 사람들의 걱정(?)은 이만저만이 아니었다. 결국 천년식향은 업종을 와인바, 표기는 발효 바(fermentation bar)로 변경했다. 실은 술도 발효해서 만드는 것이니 술집과 발효 바의 차이는 말장난처럼도 느껴진다. 내추럴 와인도 따지고 보면 발효된 채소 요리 아닌가.

소주/막걸리/맥주/와인/위스키/코냑…. 술의 등급화에 따라 여성의 평판도 등급화가 된다는 사실도, 작부와 콜걸 따위로 여성의 급을 나누려 드는 현실과도 새삼 대면하게 됐지만, 그와 동시에 그런 대상화에서 '소믈리에'라는 직종은 상대적으로 자유롭다는 사실도 알았다. 그래도 딸의 우격다짐이 없었으면 '박사, 연구소장, 소믈리에, 와인 수입대표'라는 설명이 적힌 명찰을 달지 않았을 테지만, 어쨌든 소믈리에라는 직함이 새겨진 그 금빛 명찰을 달고 내가 직접 수입한 와인을 손님에게 따라주며 와인 맛을 설명하는 중이다. 그 원칙과 타협 사이에서 터득한 '정직한 홍보/평판 관리 십계명'을 제안한다.

마지막 장 '오지랖은 싫지만 왕은 되고 싶고?'는 정말 '솔직하게' 쓰기 힘들었다. 손님을 평가하는 글이 되기 때문이다. '아프니까 사장'이라는 인터넷 카페(cafe.naver.com/jihosoccer123)에 올라오곤 하는 사례처럼 엄청난 피해를 보지 않는 한, 업주가 손님 이야기를 하지 않아야 함은 불문율이다. 어떻게 행동하면 '진상 손님'이고, 지속가능한 손님인가? '손님이 왕'인 한국에서는 쉽지 않은 질문이다. 특히 아름다운 사진 중심의 인스타그램에서 '진상 손님'에 대한 솔직한 이야기는 쉽지 않았다.

나 역시 내가 혹시나 손님일 때 했던 언행이 딱 그런 '진상'은 아니었는지 다시 생각했다. 그동안 '진상'이었음에도 조금만 미안해했고 때로는 당당하게 요구하기도 했으니 참으로 부끄럽다. 적어도 나도 모르게 한 행동이었지만 누군가에게는 불편하게 받아들여질 수 있다는 사실을 알리고자 했다. 그래서 '손님은 왕'이라는 믿음의 실체를 밝히고 싶었다. '가성비', '합리적' 등으로 표현되는 소비문화 구조도 비판하면서 말이다. 그래서 '환영받는, 멋진 손님 십계명'을 제안했다.

각 장과 꼭지의 마지막은 손님을 응대하고 돈, 맛, 술을 즐기기 위한 십계명이나 천년식향의 웃픈 tmi로 마무리했다. 에필로그는 말 그대로 남은 이야기들이다. 시그니처 요리 레시피를 몇 개라도 소개하고 싶었지만, 한창 기획 중인 요리책《스토리가 있는 채소의 사치 : Pleasure & Danger》(가제)의 몫으로 일단 남겨둔다. 레시피를 살짝 보면서 하고 싶은 대로 만든 요리와 와인을 함께 마시며 '세상이 내 것'이 되는 순간을 기대해도 좋다. 〈먹고, 기도하고, 사랑하라〉를 패러디하자면, '먹고, 마시고, 감사하자'. 특히 천년식향의 귀한 경험을 예술 사진으로 표현해주신 수많은 작가님들, 손님들께도 다시 감사드린다.

1

트렌디는 좋지만 뒷감당은 힘들고

1. 꼰대가 서빙을 시작한 이유

"혹시 섹슈얼리티 강의를 하셨던 교수님 아니세요?"

서빙하는 나를 한때의 제자가 알아본다. 반기는 내게 돌아온 한 마디, "어쩌다가…." 그에게 내가 왜 서빙을 시작했는지 설명하자, 다 듣고 난 옛 제자는 괜히 무안해하며 "멋져요!"라는 칭찬을 건넨다. 서버가 된 후, 사람들은 내게 많이도 질문을 던진다.

"무경험자신데, 어떻게 장사 시작할 생각을 하셨어요?"

한국 사회에서 음식 장사는 참 쉽게 시작하나 망하기도 많이 망하니 걱정된다면서 꺼내는 얘기다. 그러나 질문의 정확한 의도는, "'박사'까지 해놓으시곤 왜 굳이 힘든 '장사'를 하시는지"다. 박사 해본 입장에서 교수며 박사며 별것 아닌 거다. 하지만 박사가 아닌 사람이 보기에, 박사는

장사는 언뜻 돈과 음식이 교환되는 과정 같지만, 실은 서비스 관계를 통해 '나'를 판매하는 과정이다.

'별것'으로 보일 수도 있겠다 싶다. 게다가 소위 한국 사회를 비판[1]하고 지냈던 박사지 음식 관련 박사도 아니었던 만큼, 저 질문은 제 나름으로 합리적이다. 실은 나도 내가 장사를 하게 되리라곤 꿈에도 몰랐다.

그러나 장사를 시작한 이유, 그것은 단순하다. 1번, 같이 사는 딸의 이야기에 공감하다 겁 없이 시작했다. 딸이 코엑스에서 비건 제품을 소개하고 판매하는 프로젝트를 시작했는데 알바를 쓰기에는 예산이 없다는 이유를 댔고, 남편이 나서서 도와줄 수 없는 상황(왜 남편이 먼저 나서야 한다고 생각했냐면, 딸이 개최한 비건 크루즈 파티[2]에서 보니까 바비큐를 나보다 잘 굽더라)이니 내가 한다는 아주 사소한 이유가 따랐다. 2번은, 내가 일하던 기관에서 갑자기 해임되고 그 분노를 삭이면서 몰두할 일을 찾고 있었다. 해임은 다행히 재판을 통해 무효화[3]되었지만, 그 3년의 기간은 나를 어쨌든 제법 능숙한 장사꾼으로 만들었다. 훌륭한 장사꾼인지는 사실 아직 모르겠지만 말이다.

이상의 두 가지가 가시적인 이유라면 또 다른 이유 하나는, 나이 들면서 과거를 돌아보는 과정을 가져보고 싶었기 때문이다. 물론 해임이 강제로 시간을 갖게 해주는 바람에 어쩔 수 없는 장사를 선택한 부분도

---

1 페미니스트, 여성학은 2000년대만 해도 지성인은 알아야 할 상식 이상으로 이해되었으나 지금은 '꼴페미'라는 말로 비판받는, '브로커'처럼 나쁜 가치를 가진 말로 유통되고 있다. 성폭력은 범죄로서 감옥에 가야 하나 성평등은 안 되고 저출산은 문제이나 페미니즘은 몰라도 된다. 이러한 '가짜뉴스'를 믿는 사람이 생각보다 많다.

2 "'고기 없는 파티' 준비하는 '노티 비건즈' '채식주의 아닌 분들도 환영합니다'", 경향신문, 2017.8.13.

3 "법원 "여성가족부 산하기관장 해임은 무효"", 경향신문, 2022.5.24.

없진 않았지만, 자아성찰의 목적도 역시 없지 않았다. 장사 과정에서는 특히 '린 셰프'와, 엄마와 딸이 아닌 일하는 동료로서 솔직하고 격렬한 토론을 나누던 것이 큰 도움이 됐다. 나를 돌아보는 과정을 통해 장사를 지속할 수 있었으며, 동시에 장사하면서 나를 돌아보게 됐다. 음식 장사라고 하면 언뜻 돈과 음식이 교환되는 과정 같다. 하지만 사실은 '서비스' 관계를 통해 '나'를 판매하는 과정이다. 자신을 알지 못하면 장사는 절대 성공할 수 없다. 대체 나는 누구인가?

88세가 되신 우리 엄마는 오늘도 '왜 평소에 전화를 안 하냐'고 야단치다가 하소연을 시작한다. 친구 딸이 부모에게 잘한다는 부러움부터 정치가 왜 이 모양인지, 평소 '지적이신' 엄마답게 훈수를 두신다. 그러다 갑자기 "건강이 최고지, 잘 살아라", 당신 말만 하고 툭 끊는다. 나 역시 연민과 짜증으로 "응, 응" 하다 갑자기 전화가 끊어지면 가슴이 쿵 내려앉는다. 사회 부조리를 비판하던 여성학자도 엄마 앞에서는 때로 속수무책이다. 그런데 알고 보니, 나 역시 딸에게 똑같이 하고 있었다. 꼰대란 '권위적인 사고방식을 가진 어른이나 선생님'을 비하하는 학생들의 은어로 시작했지만, 최근에는 그런 사람을 일상적으로 가리키는 말이 되었다. 내가 꼰대였다.

모르는 사람과의 관계 역시 쉽지는 않지만, 아는 사람과의 관계 유지와 소통도 참 어렵다. 오죽했으면 주변 친구들도 가장 가까운 가족의 하소연, 안부, 부탁 전화가 가장 힘들다고 한다. 시댁보다 친정이 더 어렵다는 친구들도 많다. 때로는 그냥 맥락 없이(구차하게 구질구질하게 기록

서른 먹은 딸이 늦게 오든, 자고 오든 내가 왜 걱정하는가?

장사란 깨달음이다. 돈과 상품으로 맺어진 순간의 익명 관계에서, 서비스의 결과가 매출로 나타난다.

하기 어려워서) 카톡으로 몇 글자만 전달했다가 오해가 생겨 힘들고, 그거 풀다가 더 힘들어졌다고들도 한다. 혹자는 오늘날 모녀들은 제 나름대로 다들 바쁘고 각각 다른 세상에 살고 있으니, 무소식이 희소식이라고 자위하며 서운함을 잊어버리는 것이 상책이란다.

나 역시 혼자 사는 엄마가 시도 때도 없이 연락하면 짜증스럽다가 행여나 연락이 안 되면 갑자기 불안하다. 또 밤에 늦게까지 즐겁게 놀다 오는 딸의 얼굴을 보는 순간 걱정은 사라지고 한마디 야단을 쳐야 속이 시원하다. 그러면 딸은 마음에 맞는 친구와 놀다가 어쩌다 한 번씩 늦게 오는 것 갖고 엄마가 자기 생활을 캐려고 든다고 비난한다. 그 핑계로 딸은 갈수록 늦게 온다.

서른 먹은 딸이 늦게 오든, 자고 오든 내가 왜 걱정하는가? 사실 나는 이유를 알고 있다. 다 외롭고 힘들어서 그렇다. 딸들은 딸들대로 노모는 노모대로 혼자 살아야 하는 세상을 한탄한다. 너무도 많은 여/남성들과 상담을 했지만 정작 내 가족은 잘 살려니 하고 그리 걱정하지 않았다. 그냥 믿었다. 하지만 멀리 갈 것 없었다. 어느 날 딸이 나에게 자신의 감정과 관심에 대해 물어달라고 했다. 엄마는 하고 싶은 말만 한다면서, 할머니처럼 '꼰대'란다. 생각해보니 나 역시 내가 옳다고 생각하는 것을 내 엄마나 내 딸에게 당연하다는 듯 주장하고만 있었다.

사회의 변화를 위해 그동안 나는 많이 노력했다고 자부하고 있었다. 강의, 교육, 자문, 회의라는 이름으로 그간 배운 것, 생각하는 것들을 많이도 쓰고 말했으니까. 물론 보람도 있었다. 언제가 내가 한 말이 누군가의 입을 통해 반복되는 것을 볼 때, 내가 한 말들이 다른 사람의 글로 나타날 때 기뻤다. 그래서 내가 꼰대인 줄 몰랐다. 옳다고 생각했기 때문이다.

여러 아들과 딸, 엄마, 그들의 친구들의 이야기까지, 매일 성실하게 경청하고 있다고 자부했다. 그런데 그것이 누군가에게는 권위적인 태도였다. 몰랐다. 누군가와 나와 다른 이야기를 하면 틀린 이야기겠지 하며 넘겨짚기부터 했다. 나 자신이 사회적으로 인정받고 영향력을 끼칠 수 있는 힘이 있다고 여기고, 하고 싶은 말만 했다.

물론 그 순간의 나는 그것이 옳다고 생각해서 말했을 것이다. 그러나 청자들에게 나의 말이 항상 옳은 것도 아니었으며, 때로는 불편한 내 말은 그들에게 제대로 전달되지도 못했을 것이다. 그런데도 그들이 어떻게 생각하는지 궁금해하지 않았다. 또 대안 없이 비판적 주장만 한다는 비난도 많았지만 그리 신경 쓰지 않았다. 세상을 다르게 보고 질문하고 성찰하고 실천하는 것이 꼭 필요한 일이지만, 정작 내가 실천하려고 하면 힘들다는 것을 알고 있음에도 말이다. 참 많은 말들을, 쉽게도 했구나 싶다.

그러나 장사는 내가 '꼰대'라는 것을 매일 깨닫게 해준다. 돈과 상품으로 맺어진 순간의 익명 관계에서, 서비스의 결과가 매출로 나타나기 때문이다. 서비스란 내 말을 하는 것이 아니라 상대방의 말을 '듣는 것'이다. SNS에서 '어르신'으로 호칭되는 나는, 가게의 원칙을 지키면서 상대방의 말을 듣는 방법을 매일 고민한다. 어르신이 자기주장만 한다는 비판이 올라올 때 딸은 기겁한다. 남들이야 뭐 알지도 못하면서 쉽게 비판하는 법이라고 꼰대는 억지로 쿨한 척해 보지만, 인정하기 싫은 진실을 결국 인정하고야 만다.

2. 피임 없이 출산하다

딸은 해방촌 구석진 곳에서 '소식'이라는 음식점을 창업했다. 비슷한 연배의 20대 친구들과 정말 '갑자기' 시도했다. 호주 유학을 한다고 비자까지 받아놓고 장학금 개런티 서류를 준비 중에 말이다. 2018년 말 창업 이야기를 처음 들은 나와 남편은 어떤 말도 하지 못했다. 공부가 제일 편하다는 생각에서 딸이 관심을 가지던 요리보다는 정신건강 쪽 박사 공부를 은근히 독려하던 나로서는 허를 찔린 느낌이었다. 그래서 더더욱 말을 못 했나 보다.

물론 음식점 창업이 갑자기 나온 얘기는 아니었다. 그전에도 딸이 압구정 선상에서 크루즈 비건 팝업 식당을 기획하고 실행한 적이 있었는데, 그때는 온 식구들이 정말 즐거워했다. 나 역시 밤 2시까지 비를 맞으며 (부모가 뭐길래) 자원봉사도 했다. 또 성수동 카페를 빌려 마련한 비건 파티에서는 200명 이상의 손님을 맞았다. 역시 행복했다. 그러나 얼마나 이익을 남겼는지는 모르겠다. 동물권 활동을 위한 기금 마련을 위한 바자회라고 했지만, 내가 보기에는 뭐가 남을 것 같지는 않은 행사였다. 행사는 최고의 퀄리티를 목표로 했고, 인건비도 자원봉사가 아니라 시간당 근로 비용을 정확하게 지급했기 때문이다. 나는 비공식적인 자문은 했지만, 자세한 운영에 대해서는 그냥 모른 척했다. 그들이 스스로 배워야 한다고 생각했다. 물론 배움도 있고 사람들에게까지 널리 알려졌으니 사회적 효과는 분명 있었다.

그날도 비건 꼬치를 굽는 자원봉사는 남편이 담당했다. 비 오는 선상이나 성수동 카페 마당에서처럼, 미국과는 달리 바비큐가 쉽지 않은 환경에서 바비큐 그릴을 늘 담당하던 남편은 걱정이 많았다. 젊은이들이 의미 있는 활동을 한다니 그냥 좋고, 특히 딸이 한다니 돕는다는 마음이었겠지만, 어른 눈으로 보기에는 어설펐나 보다. 이후 남편은 딸의 무모함에 잔소리가 심해졌다. 또 '시체보관소'라고 냉장고의 고기를 버리던, 고기를 먹는 아빠를 강하게 비판하던 딸은 남편과 갈등도 많았다. 그러다가 딸이 유학을 간다니 가장 좋아한 사람은 남편이었다. 딸의 유학은 나도 안심시켰다. 딸은 내가 아빠의 비위를 맞춘다고 나를 비난했다. 자신과 아빠에게 서로 다른 말을 하면서 중간에서 회유한다는 비판이다. 반은 사실이고 반은 거짓이다.

그런데 어렵게 결정한 유학을 갑자기 그만두고 음식점을 차린다니 처음에는 할 말을 찾을 방법이 없었다. 침묵할 수밖에. 팝업 식당 반응을 보면서 유학 시기를 결정하겠다는 말에는 그냥 모른 척할 수밖에 없었다. 자식이 무슨 일이든 재미있게 하다 보면 길을 찾게 되리라 생각하는

둘 중 딸을 도와야 한다면 나보다 남편이라고 생각했다. 딸이 개최한 파티에서 보니까 바비큐를 나보다 잘 굽더라. 비건 크루즈 파티에서의 비건 갈비 꼬치 메뉴.

린이 친구들과 첫 창업한 비건 레스토랑 '소식'

사찰음식의 재해석, '속세의 사찰' 소식의 첫 메뉴

부모, 잔소리해대지 않는 부모, 꼰대로 살지 않는 부모, 자식을 인정해주는 부모, 그렇게 '멋져 보이는' 부모로 남고 싶었던 걸까?

결국 딸은 친구들과 해방촌의 구석진 곳에 음식점을 차렸고, 젊은이답게 멋진 스토리텔링을 담았다. '적게 먹고(小食), 나물 먹고(蔬食), 웃으면서 대화하며 안부를 전하는(消息)'다층적인 의미의 '소식'이란 이름이 참 좋았다. 동물해방물결 옆집에 자리 잡은 '소식'을 통해 나는 해방촌이란 공간까지 알게 되었다. 50년 이상을 서울에 살았지만 딸 때문에 처음 가봤을 정도로, 나에게 해방촌은 교통이 불편한 젊은이의 거리였다.

갈 때마다 딸이 만든 음식은 예술이었다. 결국 딸의 요리 인생을 불만족스러워하던 남편도 설득당했다. 20대의 비건 체험인들뿐 아니라 페라리를 타고 오는 60대 남성들, 부근 대사관의 외국인도 많이 온다고 딸은 은근 아빠에게 자랑했다. 아빠도 친구 데리고 오라는 암시일 것이다. 결국 남편은 친구 모임을 소식에서 주선할 정도로 비건 지향이 되었다. 어쩔 수 없어서 고기를 먹어야 할 때를 제외하고는 마트에서 고기를 사는 일도 줄었다.

당시 기관의 최고 책임자로 있던 나도 회식에서 고기 메뉴는 금지하기로 정했다. 자기 멋대로의 리더십이라고 여기는 사람도 있었겠지만, 리더로서의 회식 메뉴 결정 하나가 때로는 지구 건강에 도움이 되리라 여겼기 때문이다. 고기 회식을 기대했던 직원들은 실망스러웠겠지만, 축산업이 CO_2를 배출하는 것을 막았으니 당당하게, 올바른 권한 행사를 한 것이라고 판단했다.

'소식' 창업자들과 함께 한 JTBC 〈요즘애들〉 촬영

그렇게 1년이 흘렀다. 그런데 어느 날 딸이 (지금은 숨겨놓은) 유튜브에서 놀라운 말을 했다. "피임하지 않고 애를 낳아서 너무도 힘들었다"고…. 소식 창업을 출산으로 비유하면서 준비 없이 실행한 식당 운영이 얼마나 힘든지 토로했던 거다. 나는 깜짝 놀랐다. 그렇게 오밤중까지 일해도 한 번도 힘들다고 이야기를 하지 않았던 딸이, 레시피 개발에서 식당 운영까지 너무 힘들었다는 이야기를 담담하게 하고 있었다. 손님이 많아도 걱정, 없어도 걱정이라는 솔직한 진술과 함께. 아무리 힘들어도 손님이 많은 것이 더 좋았다고 할 때는 살짝 눈물도 났다.

나는 처음으로 소식의 회계 장부를 보았다. 그전까지는 내 식당이 아니니 아무리 엄마라고 해도 수익구조는 모른 척할 수밖에 없었다. 그냥 믿고 있었다. 한국의 식당 자영업자들은 대부분 가족이 몸을 갈아서 운영하니 소식 같은 5인 미만의 청년 식당이 버틴다는 것은 정말 어려운 일이다. 또 잘되는 것처럼 보여도 이것저것 지출하면 '식당은 남는 것이 없다'는 말도 사실이었다.

딸은 말했다. 52시간 노동법을 지키고 있지만, 그렇게 지키는 것이 얼마나 힘든지 아느냐고, 자기는 문재인이 아니라 홍준표를 지지해야겠다고[4]. 평소 인권과 차별에 감수성 있었던 딸은 자영업자의 입장에서 사장이 살아야 직원도 산다는 이야기를 하고 있었다. 이상이 아니라 현실을 알아야 한다며, 과연 식당에서 일해보고 정책을 만드는 것인지를 따

4 청년인 딸은 '문재인'과 '홍준표'의 노동정책 차이를 정확하게 모른다. 그럼에도 문재인은 직원 편에서 홍준표는 업주 편에서 정책을 편다고 알고 있다. 맞는 이야기인가?

지며, 나를 원망했다. 직장 내 괴롭힘부터 노동법까지 매일 훈수했던 나는 자영업자 딸의 이야기를 묵묵하게 듣고만 있었다.

동물권 캠페인만 해서는 절대로 동물권이 설득되지 않으며 지구위기를 설명해도 사람들에겐 그날뿐이라고 인지한 딸, 고기 아니어도 맛있게 먹을 수 있는 식당이 있다는 것을 알려주기 위해 비건 셰프가 된 딸은 결국 노동법을 철저히 지켜야 하는 자영업자 입장에서 또다시 현실과 부딪쳤다.

52시간 노동법을 지키고 주휴수당, 초과수당, 퇴직금, 인센티브 등을 챙겨주는 존경받는 자영업자로 살기 위해 자신의 몸을 갈아서 식당을 운영했다는 고백을 들으면서는 눈물도 났다. 그런데 딸에게 가장 고통스러웠던 지점은 그런 것들이 아니라, 주부 나이대 여성들이 가성비만 따지는 모습이었단다. 좋은 재료로 정성들여 요리를 해야 맛있다는 것도, 그것이 얼마나 수고스러운 일인지까지도 몸소 느끼고 있을 사람들인데도 말이다. 같은 주부로서 너무나 씁쓸한 이야기였다.

변명하자면 주부는 가성비를 따질 수밖에 없는 처지다. 아무리 그렇더라도 과거 음식점들을 너무 쉽게 비판했던 내 모습을 돌아보니 순간 부끄러워졌다. 대접받아야 하는 소비자라는 생각만 했지, 근근히 장사를 꾸려나가는 자영업자들의 현실에 대해 진지하게 생각한 적이 한 번은 있었을까. 그들이 만든 음식에 진정 감사하며 먹은 적이 나는 있었을까.

"엄마! 소식은 시간과 감사함을 팔고 있는데 사람들은 가성비로 음식을 먹나 봐. 음식점을 운영해보니 정말 야속하더라. (중략) 아니 내가 그렇게 가

자연을 담아 요리 중인 린. 좋은 재료로 정성들여서 요리를 해야 맛있다는 것에, 그리고 그것은 얼마나 어려운가에 관하여.

성비를 팔 준비가 안 돼 있었나 봐. 정말 피임하지 않고 애를 낳은 느낌이야. 내 새끼니 갑자기 버릴 수도 없고…. 입양 보낼 수도 없고…. 포기할 수가 없네. 어떻게 해야지? (중략) 정말 피임은 중요한 거야. 엄마 전공이니 피임하는 법 구체적, 실질적으로 교육해, 절대로 말로만 하지 말고!"

그 순간 갑자기 '피임을 하지 말고 내 아이를 가지라'던 (지금은 탈당했다지만) 내 딸 나이의 '○○당 영입 인재'가 떠올랐다. '준비 없이 사업체를 가지라'는 것과 무엇이 다른가? 피임(준비) 실패와 연관해 창업을 이야기하는 딸의 이야기로 한동안 마음이 복잡했다. 식당은 망할 때까지 잘되는 것처럼 보여야 하는데, 이 '신비주의 영업 전략'을 포기하라고 해야 하나?

요즘처럼 코로나바이러스가 창궐하는 시기에 영세 자영업 식당들이 어떻게 유지될 수 있을지, 딸의 예언처럼 90퍼센트가 아니라 자영업자가 다 죽을 것 같아 너무 걱정이다. 생각과 말이 아니라 영세 자영업, 음식 노동자를 위해 내가 몸으로 할 수 있는 일이 무엇일까? 아니 '피임 교육'이라도 잘할 수 있을까?

3. 슈퍼카 페인트 범벅 사건

초보자가 페인트를 칠한 대가는 가혹했다. 이것은 전문가가 괜히 전문가가 아니라는 교훈을 주는 이야기다. 혹시 살다가 누구에게 5천만 원 이상을 물어줘야 한다는 전화를 받은 적이 있는가?

지금도 정확하게 누구 잘못인지는 모른다. 비바람으로 비닐 막의 틈을 만든 날씨 탓일 수도 있지만 그날 작업장에 가서 페인트 도구를 실험한 남편이나 내 잘못이 크다. 어쨌든 사고는 터졌으며 모든 것은 비닐 방수막을 잘못 설치한 우리 공사장의 잘못이 됐다. 결국 아래 주차장으로 날아간 페인트는 수입차들을 점박이로 만들었으며 며칠 후 세차를 하면서 페인트를 발견한 차주들은 근처의 공사현장을 찾다가 린에게 연락했다. 어린 여자가 하소연하니 그들도 불쌍했는지 보험을 알아보라고 했다. 물론 새 차에 페인트 점박이가 생겼으니 그들이 화나는 것은 당연하다. 그럼에도 (내가 보기에) 손으로 닦으면 될 것 같은 페인트 점들이었지만, 요구하는 피해 보상액은 엄청난 수준이었다.

자연의 흙 색깔을 담은 직접 조색한 페인트를 입히다.

한 대가 해결되면 그 뒤 다른 차에서 연락이 오고…. 나는 모르는 전화가 울리면 가슴이 뛰어 받지를 못했다. 그런데 내용도 잘 확인하지 않고 내가 덜컥 들었던 '일상생활배상책임보험'[5] 이 구세주처럼 나타났다. 우연히 가입한 그 보험을 통해 페인트 사건의 피해 보상은 다행히 일단락되었다. 자라 보고 놀란 가슴 부뚜막 냄비 뚜껑 보고 놀란다고, 이후에도 나는 공사 관련 항의 전화만 오면 딸을 원망했다. 그러나 그것으로 끝이 아니었다.

어느 날 B경찰서에서 전화가 왔다. ○○○가 아는 사람인지 묻더니, 그가 우리를 고소했다고 했다. 자신의 연장을 돌려주지 않는다는 '절취'가 고소 이유였다. 나는 그가 주방 마무리를 하지 않고 연락도 없이 사라져서 결국 한 달 동안 공사가 지연되었다고 말했다. 기다리다 결국 다른 업체와 공사 마무리를 하느라 손해가 큰데 왜 고소당해야 하냐고 물었다. 또 공사 연장을 놓고 갑자기 사라져 "연장 가지고 가라" 문자 보냈지만 이마저도 소식이 없었다고 했다. 혹시 연장을 누군가 가지고 가면 큰일 날까 하여 현장에 보관 중이었는데 그 연장을 우리가 절취했다니…. 경찰서에서는 괜히 복잡하게 경찰서 출두해 조사받지 말고, 그 사람 보낼 테니 연장 주고 끝내라고 했다.

업체의 신뢰성을 면밀히 따져 계약하는 게 아니라 인테리어 카페에서 찾아 비교 검토 후 계약한 게 화근이었다. 또 영세업체이다 보니 계

---

5 '일상생활배상책임보험'이란 부주의로 타인에게 입힌 피해에 대한 보상을 대신해주는 보험으로, 차량 피해 복구에 큰 도움을 주었다. 내용 확인도 하지 않고 사인한 것으로부터 뜻밖의 도움을 받았는데, 인생은 참 알다가도 모르겠다.

약서도 형식뿐이지 철저하게 챙길 수 없었다. 업체 선정을 두고서 나와 딸의 견해 차이는 처음부터 컸다. 물론 큰 업체라고 문제가 없는 건 아니지만, 다년간의 경험으로 문제를 최소화할 수 있다는 나의 믿음과 달리, 딸은 모든 것을 온라인 비대면 방식을 통해 혼자 천천히 코디하고 주문하고 실행했다. 인테리어 업자를 부르면 모든 것을 관장하고 책임까지 져줄 텐데, 온갖 궂은 일까지 혼자서 해결하고 있었다. 나름 큰 업체한테 맡겼는데도 금이 갔다며, 린은 바닥까지 스스로 다시 칠했다.

물론 나는 딸의 일하는 방식을 통해 많이 배웠다. 셀프로 일하면서 비용도 절약하고 나름의 재미도 있었을 테다. 하지만 나는 공사 기간 내내 또 무슨 일이 일어날지 좌불안석이었다. 몸이 하나인 딸이 페인트, 도장, 유리, 바닥, 소방시설 등 모든 일을 인테리어 업체에 맡기지 않고 혼자, 그것도 '제로 웨이스트'[6]로 해결하자니 당연히 보조가 필요할 수밖에 없고, 그 일은 내가 해야 했기 때문이다. 딸은 비용도 중요하지만, 천년식향의 콘셉트와 색상이 중요하기에 함부로 업체에 맡길 수 없으며, 자신의 요구를 반영해주는 업체는 너무 비싸다는 이유로 나를 설득했다. 결국 딸은 모든 것을 찾고 공부하고 황학동, 문래동 등의 공사업체와 나무오일장을 돌아다니며 발품을 팔았다.

복잡하게 여러 일을 진행하던 와중에 초보운전이었던 딸은 내 차마

---

6 Zero Waste. 일회용품 사용을 줄이고 일상 생활용품을 재활용하여 쓰레기 배출을 최소화해 탄소중립을 실천하는 방법을 뜻한다. (출처: 탄소중립녹색성장위원회 홈페이지)

황학동, 문래동 등의 공사업체와 나무오일장을 돌아다니며 발품을 팔았다.

저 박살냈고, 16년 동안 동고동락했던 나의 차는 수리한다 해도 전복될 것만 같아 결국 폐차되었다. 하늘을 찌르던 나의 스트레스는 정녕 내가 꼰대라서도, '과잉 걱정자'라서도 아닌 것이었다. 너무 많은 것을 알아서 문제인지 아니면 '민폐 공포증'이 생겨서 문제인지, 공사 기간 내내 정말 힘들었다. 그러나 다음번 공사도 이렇게 이어질 것 같다. 경험이 쌓였으니 이제 다른 사람에게 맡기기도 아깝다.

지나고 나니 가장 안타까운 점은 본인이 한 공사비용은 지출 처리나 부가세 공제[7]를 할 수 없다는 것이다. 딸이 몸으로 때운 비용들, 그리고 제로 웨이스트를 위한 황학동 중고물품 구매 등은 영수증 처리가 되지 않아 실비용조차 지출로 처리하지 못했다. 그 당시는 몰랐던 이 사실은 종합소득세를 신고할 때가 되어서야 알았다. 통장 잔고를 넘는 부가세가 폭탄처럼 날아와 거의 기절할 뻔했다. 이런 일에 대비한다고 개업 초부터 세무사와 거래하고 있었으나, 알고 보니 그들도 맞춤형으로 알아서 조언해주지는 않는다. 문제가 발생했을 때나, 그것도 사업주가 먼저 질문해야 알려준다. 그러니 세금이나 비용 문제에 대해서는 사업주가 모든 것을 미리 다 알고 챙겨야 한다.

---

7 부가세(부가가치세)는, 상품(재화)의 거래나 서비스(용역)의 제공과정에서 얻어지는 부가가치(이윤)에 대한 세금으로, 매출세액에서 매입세액을 차감하여 계산한다. 부가세를 공제받으려면 지출비용을 정리해서 신고해야 하는데 창업 초기에 지출비용을 잘 기록하지 못했으며 특히 본인이 한 노동(용역)은 지출로 입증되지 않는다. 예를 들어 린이 직접 도색하지 않고 업자에게 맡겼다면 사업비 지출 입증이 가능했을 것이다.

다행히 천년식향에 온 사람들은 공간이 아름답다고 찬사를 아끼지 않았다. 고마웠다. 물론 과장이 섞여 있음을 안다.

음식점 창업의 준비물을 메뉴와 레시피 개발 정도만 생각하기 쉽다. 그것도 당연하지만, 공간 인테리어, 영업, 관리, 세무, 소방, 위생 교육 역시 창업자가 다 스스로 알아서 해야 한다. 천년식향 역시 4개월 동안의 온갖 우여곡절을 땀과 열정으로 커버하여 완성되었다. 매일 밤 이어지는 딸과의 '전쟁 같은' 논쟁들, 그럴 때마다 남편의 "잠 좀 자자!"는 채근도 당연한 통과 의례였다.

내일은 손님을 처음 맞이하는 천년식향 팝업이다. 나는 팝업 리스트를 정리하며 긴장하지 않을 수 없었다. 물론 엑셀로 정리하지 않는다고 딸에게 구박도 들었다. 그래도 5일간 예약이 만석이니 정말 다행이다.

4. 팔로워 200명 떨어졌어요

요즘도 천년식향은 공사 중이다. 아마추어가 해서 그런지 아니면 원래 음식점은 보수가 많은지, 공사할 일이 끝도 없이 이어진다. 마음먹으면 바로 실천해야만 하는 린의 (엄마 눈에는 과도해 보이는) 열정도 한몫했으며, 40년이나 된 건물 탓도 있을 것이다. 겨울에는 화장실 물이 얼어 임시방편으로 큰 통에 물을 받아 가까스로 해결하기도 했고, 태풍이 빈번하게 몰려올 때는 덜 닫힌 창문이 활짝 열려 아래층까지 물바다를 만들기도 했다.

와인이 입고되면 운반하느라 민폐를 끼치고, 주차 자리 때문에 한 직원은 다른 층 사장님에게 멱살을 잡히며 협박을 당하기도 했다. 또 공동 주차 자리임에도 차 빼라고 소리부터 지르는 무례한 공포도 이겨내야 했다. 세제를 층계에 쏟아 건물 전체가 거품바다가 된 사건도 있었다. 세제 알레르기 문제로 결국 키친을 포기하려던 직원 때문에 고민하던 린이 새로 아기 피부용 친환경 세제를 대량 구매했다. 창문으로도 들어가지 않는 드럼통 크기의 세제가 왔는데, 건물에는 엘리베이터도 없었다. 그걸 린은 하나씩 퍼나르다가 계단에 쏟고 말았고, 닦는다고 법석인 우리를 도와주겠다는 좋은 의도로 2층 사장님께선 물을 부으셨다. 이 결과 건물 모든 층계는 미끄럼틀이 되었다. 사람들에게 사과하며 세제를 닦아내느라 하루가 꼬박 지나갔다. 힘든 것도 힘든 것이었지만, 더 큰 문제는 그날 열렸던 절친의 결혼식에 못 간 것이었다.

이렇게 사건이 발생할 때마다 나는 해결사를 자처해야만 했다. 그냥 나이가 많고 경험이 많다는 이유에서였다. 여유 자본금 없이 시작하는 장사는 해결해야 할 일이 너무 많았다. 온몸을 움직여야 하니 힘들고, 부딪치는 사람들이 많으니 우아할 수가 없었다. 사람 사이의 일은 말로 설득하는 것보다는 때로 같이 윽박지르는 것이 더 빠른 해결책이라는 사실도 그러면서 배웠다. 몸으로 일하는 사람이 '거칠어질' 수밖에 없는 구조적 원인에 대해 실전으로 학습한 셈이다. 가게 일은 그간 내가 알던 책상과 강단에서의 일과는 사뭇 달랐다.

안타깝지만 정말 장사란 '우아하기' 어려웠다. 살고 있는 집의 인테리어를 위해 원하는 부분만 살짝 공부하고 말로만 요청했던 '우아한 사모님' 시절이 그리운 것도 사실이었다. 그렇다고 딸에게 그냥 맡기기도 쉽지 않았다. 아니 맡기려고 했지만 결국 내가 해결해야 하니 하나하나 개입하고 간섭하게 됐다. 내게 딸은 아직 믿음직스럽지 못한 초보 경영자일 뿐이었다. 딸의 인테리어 계획이 못미더웠지만, 딸의 원칙과 고집을 꺾기도 어려웠다. 그렇다고 천편일률적인 프랜차이즈식 디자인 대신 비건의 개성과 아름다움을 알리는 인테리어를 우아한 방식으로 감당할 만큼의 통장 잔고도 없었다. 몸 고생 마음 고생하던 그 3년 사이에 나는

6킬로그램이 빠졌다. 사이즈가 맞지 않아 입을 수 없었던 예쁜 옷들을 다시 꺼내 입을 수 있었으니 이걸 좋다고 해야 하나!

다행히 천년식향에 온 사람들은 공간이 아름답다고 찬사를 아끼지 않았다. 고마웠다. 물론 과장이 섞여 있다는 것도 안다. 칭찬이 진심이었다면 마음을 다스려가며 몸을 아끼지 않고 인테리어를 한 린 덕분이다.

지금도 휴일이면 산에 갈까, 바다에 갈까, 아니면 맛있는 것 먹으러 갈까 하다가 결국 린은 천년식향의 미래를 기원하며 새로운 작업에 몰두한다. 천년식향을 뒤집어보고 싶다는 린의 불타는 의지를 현실성을 강조한 잔소리로 겨우 차단했다. 천년식향 인테리어에 손을 못 대게 하니 린은 지인이 폐차하겠다는 차를 멋지게 바꾸겠단다. 도색으로!

업체에 맡기면 얼마(정말 비싸긴 했다)가 든다고 하더니 본인이 직접 차량용 페인트를 멋지게 조색(color-mix)해 차에 새 옷을 입혔다. 차량 페인트 트라우마를 뼈저리게 체험한 나는 도색 장소가 어디인지부터 추궁했다. 지하주차장에서 한다길래 바닥이나 옆 차에 페인트가 묻으면 큰일 난다는 잔소리를 폭풍처럼 쏟아냈다. 결국 린은 종일 도색에 몰두하더니 4가지 성과를 인스타에 사진과 함께 올렸다.

1. 폐차 직전 18년 연령 차량의 zero-waste 소생 작전은 괜히 뿌듯합니다. 버리지 않고 순환하는 걸 사랑해요.♥
2. 아름다운 제 명의의 무광 베이지 차를 갖게 되었습니다. 자연의 색을 담은 무광 접시를 좋아해 도예를 자주 합니다. 자연을 담은 접시(같은 차)를 타고 다닐 생각을 하니 행복합니다.

화려했으나 서글프게 린의 도색은 막을 내렸다. 고속도로 위에서 갑자기 멎어버린 차는 4개월 만에 폐차되었지만, 이미 언팔로우한 200명과 무광 페인트값은 돌아오지 않았다.

3. 결국 아름다운 도색은 마음 수행을 하게 하여 저는 큰 힘을 받았습니다. 페인트는 제게 명상입니다.
4. 이러한 자기 격려(self-encouraging)는 다시 천년식향을 위해 열심히 일할 힘을 불어 넣어줍니다.

이번 년에 한 일 중에 가장 뿌듯하고 행복한 일인 것 같아요!
여러분도 시도해보실래요? 너무 파격적인가요?

물론 '좋아요' 격려도 많았지만, 팔로워가 200명 이상 후두둑 떨어져 나갔다. 상심한 린은 팔로워가 왜 사라졌는지 매일 분석했다. 지인들의 다양한 의견이 있었다. 글 톤에서부터 자랑질 같아 그랬다는 비판까지…. 인스타에 전혀 관심 없었던 나는 그때서야 '좋아요'와 팔로워의 진실을 알게 되었다.

린의 도색은 화려했으나 서글프게 막을 내렸다. 4개월 만에 차가 고속도로 위에서 갑자기 멎어버린 것이었다. 나도 그간 정이 들어버린 자동차를 끝까지 지키고 싶은 심정이었고, 수리 기사도 수리를 권했지만 수입차라 수리비용도 엄청 비쌌고 그냥 타고 다니기엔 너무 위험한 상태였다. 폐차 외에는 뾰족한 방법이 없었다. 그렇게 우리 모녀는 나란히 지하철만 타고 다니는 신세가 되었다. 자동차와는 그렇게 이별을 고했지만, 이미 언팔로우한 200명과 무광 페인트값은 돌아오지 않았다.

그러나 얻은 것이 없진 않다. 가시적인 성과보다도, 지칠 줄 모르는

'도전'이 삶에서 가장 중요한 경험이니까. 지속적 도전은 사람을 살아가게 하는 힘이다. 물론 그 도전 옆에 있는 나는 여전히 가슴 졸인다.

'Girls, Be Ambitious!'로는 완전하지 않다. 나는 꼭 그 옆에 'Together, with, in concert!'라는 부사구를 추가한다. 그 어딘가에 도착하려면 꼭 함께 가야 한다. 그러나 린은 여전히 저 혼자 당당하다.

"이렇게 키운 자는 엄마, 당신"이라면서.

5. 강아지 오마카세

오늘 나는 "유기견을 후원한다"는 홍보라벨을 붙여놓은 유명 베이커리에서 빵을 사지 못했다. 같이 간 (유기견 출신) 처빌과 엠버, 두 강아지 털 때문에 출입을 금한다는 것이다. 자신의 반려견을 모델로 한 윌리엄 웨그만(@williamwegman)의 〈BEING HUMAN〉 전시회를 보기 위해 예술의 전당에 갔으나 강아지 동반이라 못 들어갔던 기억이 났다. 비인간 동물을 통해 인간을 풍자하는 사진 전시에서 인간이 강아지를 쫓아내다니!

배변 봉투를 가지고 가는데도 출입을 금하는 수많은 국립공원들, 특히 위생을 이유로 또는 강아지를 좋아하지 않는 손님들 배려를 위해 출입을 금하는 다이닝 문화, 어쩔 수 없이 받아들였지만, 거절당하는 횟수가 잦아질수록, 그 이유가 궁금해진다. 혹 강아지 털이 날리고 똥을 아무데나 싸고 바이러스를 전파한다는 생각을 은연중에 하는 것일까? 그래서 집에서 키우는 것이야 말리지 못하지만, 위생이 중요한, 먹는 것을 판매하는 장소나 병원에 데리고 가면 안 된다는 것일까?

그러나 (근대) 위생의 역사는 사실 (근대) 의학의 역사만큼이나 짧다. 그리고 그 위생이라는 개념은 시대뿐만 아니라 문화, 성별, 계층, 국가에 따라서도 다르게 기억되고 전수되는 것이다. 사람의 털도 어느 날 아침에 비위생적으로 취급될 수 있음을 우리는 역사에서 배워 알고 있다. 1894년 "위생에 이롭고 작업에 편리하기 때문"이라는 이유로 단발령을 선포한 것 말이다.

> "'신체 · 머리털 · 살갗은 부모로부터 물려받은 것으로서, 감히 훼손하지 않는 것이 효의 시작이다.'라는 말 그대로, 머리를 길러 상투를 트는 것이 인륜의 기본인 효의 상징인 조선에서 그 당시 머리털은 위생과 무관했다. 그래서 백성들은 단발령을 살아 있는 신체에 가해지는 심각한 박해로 받아들였고, 정부에 대한 반감은 절정에 달하였다."[8]

어떤 털이 위생에 적합한지 아닌지를 만드는 이유는 대개 문화적이다. 또 강아지 털이 위생적이지 않다면 사람 털이라고 위생적일 것은 없지 않은가. 긴 머리를 가지고, 너무도 많은 사람들을 만나는 내가 더 위생적이지 않을 수 있다는 얘기다. 어쩌면 나는 대중음식점을 가서는 아니 되고, 서빙도 하지 말아야 할 것이다. 사실 천년식향은 긴 머리 손님

---

8 《한국민족문화대백과사전》의 단발령(斷髮令) 항목

유기견 보호소 출신의 강아지 처빌. 주류수입사 '엠버&처빌'은 이 강아지의 이름을 따서 지었다.

이 남기고 간 머리카락 청소를 정말 열심히 한다(정말 손님이 남기고 간 머리카락은 많다). 강아지 손님의 털이라고 그 청소를 꼼꼼히 하지 않을 리가 있겠는가?

이런 글을 쓰면서도, 혹 손님들이 싫어할까 천년식향에 자주 못 데려가는 처빌과 엠버 때문에 마음이 아려온다. 하지만 강아지를 식구로, 파트너로 선택한 분들이 강아지와 외출한다면, 언제나 천년식향은 열려 있다. 그러나 '반려동물 동반가능'이라는 공지가 인스타에 올라갔을 때 사람들의 우려와 반대는 컸다. 댓글, 문자 등으로 받은 의견들을 요약하면 다음과 같다.

강아지 없는 보신탕, 최고급 송이, 노루궁뎅이 등의 버섯과 견과류를 활용해 만든 몸 '보신'탕, 'Self-Care Soup'

1. 음식점은 사람이 음식을 먹는 공간이다.
2. 강아지를 싫어하고 무서워하는 사람, 또 알러지 등으로 강아지와 공존할 수 없는 손님들이 있다.
3. 강아지는 털, 똥 등의 컨트롤이 안 되어 공중위생에 적합하지 않다.
4. 강아지는 자연의 산물로 집에서 키우는 것 자체가 문제이다. 아파트처럼 좁은 공간에서 키우는 것 자체가 강아지 권리(犬權)에 위배되는 것이다.
5. 강아지 털은 가벼워서 잘 날아다니기 때문에 청소로는 한계가 있다.

이상의 의견도 존중한다. 그러나 미국의 오가닉 슈퍼마켓에서는 실내임에도 사람들이 강아지와 같이 장을 보고, 와인바와 레스토랑에서는 인간보다 더 긴 털을 가진 강아지들이 테이블 바닥을 차지하고 있었다. 이처럼 반려견 털 위생 문제는 문화이니, '털'을 이유로 강아지를 금하는 한국 문화에 대해 생각해보고 싶어진다. 나는 아이 데리고 가는 것이 가능한 공간이면 강아지를 아기 띠에 메고 간다. 대통령 선거 때도, 우체국도, 은행도, 구청도, 마트도 안고 갔다. 물론 쫓겨난 적도, 손님이 없을 때까지 기다린 적도, 나를 허용한 식당 주인이 다른 손님의 컴플레인을 받는 경우도 많았다. '노강아지존' 논쟁은 아직 시기상조고, 강아지는 아이가 아닌지라 데리고 다니면 안 되는 것이 맞다는 얘기들도 한다. 털뿐만 아니라 시끄럽게 짖는 것, 갑자기 다른 강아지를 물 가능성, 갑자기 바닥에 똥을 쌀 수 있는 가능성 등에 대해서도 생각해 볼 수 있다. 그렇다면 강아지 파트너, 반려인은 강아지를 집에 놓고 다니는 것이 답일까.

강아지를 반려하면서 사는 사람들이 가게를 방문한다면 여전히 막을 생각은 없다(물론 철저하게 동반예약제로, 선약하신 분께 양해를 구하고 경우에 따라서는 동반이 불가할 수도 있다). 이러한 가게의 지침이 알려지면 강아지를 싫어하는 사람은 방문하지 않게 될 것이고, 그것 역시 천년식향의 선택의 결과이다. 물론 매출은 별로일 수 있다. 이번 크리스마스 시즌에도 강아지 동반 1인 손님 선예약 때문에 강아지를 싫어하는 4인 손님 예약은 거절할 수밖에 없었다.

린은 강아지도 오마카세를 즐길 권리가 있다며, 지금은 어렵지만 오마카세 주문한 손님이 강아지를 데리고 오면 강아지 오마카세까지 만들어 대접하고 싶단다. 강아지 손님이 여러모로 뒷감당은 많지만, 강아지를 위한 오마카세는 생각만 해도 즐겁다.

천년식향 tmi

1. 인간과 같은 식탁에서 강아지가 겸상하는 걸 아시면 아마 돌아가신 할머니가 깨어나실 것이다. 밥상을 귀하게 생각하는 할머니는 생전에 밥상머리에서 싸우는 것부터 밥상을 함부로 하는 것에 워낙 예민하셨기 때문이다.
2. 그런데 음식점에서 반려견을 동반하여 인간과 겸상하는 것은, 엄밀히 말하면 식품위생법 시행규칙상 불법이다. 동물은 별도 공간에 분리되어야 한다. ("애견카페라도 강아지랑 있으면 영업정지…", 헤럴드경제, 2023.7.28.) 최근 중소벤처기업부는 '킬러규제 100과제'를 선정하여 소상공인, 자영업 생활 속 규제개선에 나선다고 한다. 늦었지만 다행이다.

당당한 창업 십계명

○ 하나, 창업 목표는?

'왜 나는 이 일을 하려고 하는가?' 비록 중간에 목표가 변동될 수 있을지라도, 창업 시점에서 그 목표는 분명해야 한다.

○ 둘, 자금 계획과 수익 목표는?

시작도 하기 전에 영업 이익률을 정하기는 어렵다. 그러나 초기 창업비용과 이자 그리고 예상 투입비용을 계산해야 한다. 음식점 운영비(월세, 건물 유지비, 직원 인건비, 재료비 및 세금 등)도 원장관리를 통해 관리하면 매입비용 대비 매출비용이 계산된다. 이를 통해 음식 단가도 추정할 수 있다.

○ 셋, 판매 타겟은?

'누구에게 무엇을 판매하려고 하는가?' 가장 정하기 힘든 목표다. 그러나 타겟을 정해야 재료 및 단가가 나올 수 있다.

○ 넷, 운영허가 및 관리 체크리스트는?

다음과 같은 것들이 필요하다.

1. 관할 소방서 소방법 인지 및 신고등록
2. 관할 구청의 영업 등록 : 일반음식점과 휴게음식점 등의 차이를 고려한다.
3. 관할 세무서 사업자등록(주류 판매의 경우 의제주류판매업면허가 필요하다.)
4. 통신판매 등 업태에 따른 추가업종 계획

○ 다섯, 세금은?

'어떤 세금을 언제 어떻게 내는가?' 관할 세무서의 업무지침을 엄수한다. (세무사 대리 계약을 할 수도 있고, 최근에는 세무 프로그램에 의해 셀프로도 가능하다.)

○ 여섯, 직원 고용 및 노무관리는?

직원 4대보험 등록 처리 및 주휴수당 산정 방식을 알아둔다. 근로계약서는 필수. 아르바이트생은 근무 지침을 만들어둔다.

○ 일곱, 손님 관리 및 홍보는?

타겟 손님 리스트 정리 및 자체 홍보계획 수립

○ 여덟, 주변 상권 관리는?

위, 아래, 옆집 등 주변 상권 및 네트워킹(유사업종 사전 조사 필수)

○ 아홉, 기후위기 관리는?

전력(전기, 가스 등), 물(지하수, 수돗물, 정수기 등), 소독, 분리수거, 일회용품/플라스틱 덜 쓰기, 제로 웨이스트 등

○ 열, 수입 및 재투자는?

다음과 같은 사항을 고려하여 수입, 지출 관리 및 저축 재투자 계획을 수립한다.

1. 재료비/인건비/임차료 및 관리비(상가임대차계약 관련 법 등 숙지)
2. 감가상각비용
3. 손님/직원 상해 및 위기 비용(화재 의무 보험)
4. 인센티브 등 판촉 및 직원보상비용

2

돈도 좋지만 가치는 지키고 싶고

1. 새로 살까 고칠까

천년식향이 존경하는 제로 웨이스트의 장인을 소개한다. 린과 나는 세운상가 옆, 2평도 안 되는 공간에서 사람들이 버리는 수많은 물건을 고쳐주는 장인을 만났다. 발 디딜 틈도 없이 어수선한 공간은 언제 다시 쓸지 모르는 부품들 때문이었다. 부품을 어떻게 찾기나 할 수는 있을지 걱정이 앞섰다.

천년식향은 창고에 모아둔 믹서기 8개를 버릴까 말까 고민하다가 이 장인께 맡겼다. 물이 새는 믹서기 통, 날이 흔들려서 소리가 큰 믹서기 통, 타버린 모터로 돌지 않는 믹서기, 믹서는 돌지만 칼날이 돌지 않는 믹서기…. 결국 장인의 솜씨로 천년식향의 믹서기들은 새롭게 태어났다.

과연 이런 장인이 서울에 몇 분이나 계실지 궁금하다. 직원 없이 모든 것을 다 처리하시는 80세 넘어 보이는 장인의 정신. 존경하는 마음이 저절로 일어났다. 과연 '오스타사' 이후 누가 과연 이 공간에서 이 가치

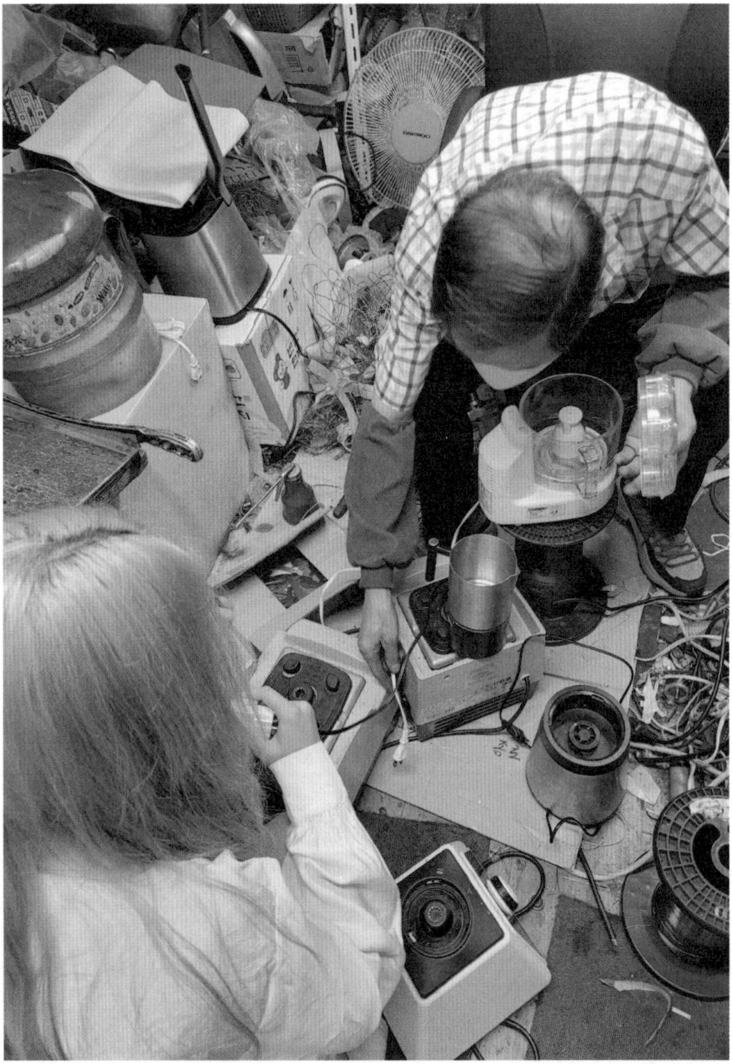

오스타사의 장인이 믹서기를 부활시키는 현장

를 계승할 수 있을까 생각하니, 순간 가슴이 먹먹해졌다.

'싼 거 사서 고장나면 또 사지' 생각할 수 있지만, '좋은 거 사서 잘 쓰고 고장나면 여기로 고치러 오면 되겠다'로 생각이 변화한다. 그러나 말처럼 쉽지 않다. A/S까지 해주는 브랜드 있는 제품을 사면 더 편리하고…. 어쩌면 더 깔끔하고 세련된 선택일 수도 있기 때문이다. 그래서 고장난 노브랜드 제품, 중고 제품, 지인으로부터 얻는 제품들은 대개 버려지게 된다.

그러나 처치 곤란 또는 귀찮다고 버리면 그 순간 편하지만, 폐기물이 갈수록 많아진다는 생각에 순간 끔찍했다. 물론 천년식향은 믹서기뿐만 아니라, 종이백, 허브 줄기, 채소 파지, 깨진 돌그릇, 마른 식물, 드라이플라워, 나뭇가지, 이면지, 배달 봉다리 등을 버리지 않고 최대한 사용하려고 노력한다. 어떤 손님은 날것의 아름다움이라고 칭찬해주기도 하지만, 깔끔하지 않다는 댓글도 있다. 또 이러한 수고스러움과 관리가 오히려 더 노동력이 들지도 모르겠다.

특히 깨끗한 공간, 위생적 공간이 생명이라는 음식점의 생리상, 빨리 버리는 것이 더 깨끗하게 보이지 않을까 고민하기도 한다. 솔직히 어떻게든 다시 쓰는 것보다 버리는 것이 더 편하다. 어느 날은 배달 음식의 플라스틱 용기를 씻지 않고 번거롭고 귀찮아 일반 쓰레기통에 버리면서 순간 놀란다. 순간 편리함의 유혹에 진 나를 질책하며 다시 씻어 버리면서도 이렇게 하는 수고로움과 물 소비량이 더 클 것 같다는 생각에 마음은 복잡하다. 무엇이 정답인지는 모르겠으나 최소한 '더 불편하기'를 실

제로 웨이스트 컨셉의 목제 배달 박스. 안에 든 메뉴는 천년식향의 비건 르벵 쿠키

천년식향 직원을 위한 인센티브. '제로 웨이스트' 병 안에 들어 있다.

천하려고 애쓴다. 그래야 배달음식을 덜 먹을 것이기 때문이다.

천년식향은 '가치를 판매하는 사업장'이 되고 싶었다. 현재 한국의 미식 문화에서는 불가능하다는 잠정적 결론이지만, 새로운 비즈니스 모델을 만들어 보는 것은 불가능하지 않다고 믿는다. 천년식향의 불편함을 소개하면서도 감히 손님들께 그 불편함 감수를 요청했으니 참 건방지고 불편한 가게다.

천년식향 tmi

그동안 얼마나 불편하셨어요? 정말 힘드셨죠. 참 죄송합니다.

천년식향은 제로 웨이스트를 추구하여 일회용 물티슈도, 냅킨도 없습니다. 깨져도 괜찮은 돌그릇을 사용합니다. 앞접시는 부득이한 경우에 요청시 바꿔드립니다. 설거지 세제 또한 석유가 아닌 코코넛 베이스의 인체에 무해한 세제를 쓰며, 대부분의 음식 재료는 친환경 또는 못난이 채소입니다.
모든 음식을 맞춤형 수제로 만들기 위해 적은 손님만 모십니다. 외부 음식 반입이 되지 않습니다. 영업시간 전에는 직원복지를 위하여 출입이 불가합니다. 모든 성적 지향을 존중하며 화장실도 남녀 구분 없는 gender-free입니다. 엘리베이터가 없어 올라오기 힘드십니다.

식물성이지만 비건을 표방하지 않습니다. 음식의 시즈닝이 복합적이라 강하다고 느끼실 수 있습니다. 비슷한 재료가 들어간 자극적인 메뉴 세 개 주문을 지양합니다. 빵, 밥, 피클이 메뉴에 없습니다. 내추럴 와인만 와인 리스트에 있습니다. 와인도 이러한 철학을 반영하여 소규모 와이너리의 유기농 내추럴 와인만 수입하고 있습니다.

다른 테이블의 손님과 부킹은 해드리지 않습니다. 섹슈얼리티 박사가 운영하며 메뉴판에 섹스라는 단어가 있을 수 있습니다. 옆자리에서 커플이 뽀뽀해도 상관하지 않습니다.

한 자 한 자 적으면서 그동안 얼마나 불편하셨을지 생각하니 마음이 아립니다. 손님을 최고로 모시는 파인 다이닝처럼 낮은 자세로 대해 드리지 않아 반성도 해봅니다. 최고의 서비스를 받으며 행복한 시간을 만끽하고 싶은 손님들을 어떻게 배려할 수 있을지 고민하며, 변명처럼 들릴 수 있지만, 그간의 고민을 나누고 싶습니다.

물론 천년식향의 불편함에 이러한 가치가 존재하더라도, 누구에게는 불편합니다. 이상한 〈우영우〉처럼, 천년식향은 정말 '이상'합니다. 사전에 어떻게 양해를 구해 손님들의 순간의 불편함을 편안하게 할 수 있을지. 다이닝의 보편적 기준에 어떻게 맞추어야 할지 고민합니다. 아직까지, 앞으로도 다 알지 못하겠지만, 정말 편안하게 모시고 싶은 마음에 그동안 수없이 변경하고 또 변경했습니다. 천년식향의 이러한 가치를 지키면서 손님을 편안하고 친절하게 모시는 법을 그동안의 수많은 사례를 통해 토론하며 지속적으로 배우고 있습니다.

2. 남극 레스토랑, 낭만이기는 너무 추워

'남극에서 먹는 것 같다'는 피드백이 무척 아팠다. 12월의 크리스마스 시즌, 정말 추웠다. 예상치 못하게 40년 된 건물이 꽁꽁 얼어붙었고 발 난로 등 보조 난방을 8개나 동원한 보람은 없었다. 올해(2022년)에는 어떻게든 손님들이 따뜻하게 즐기기를 바라는 마음에 강력한 난방기구 12개를 작동했다. 그 결과 이번 연말에는 반팔을 입는 분까지 있을 정도로 따뜻했다. 그런데 천년식향, 잘한 것인지 묻고 또 물었다.

아래 2층 사장님께서 "난방비도 나오지 않는 장사, 왜 하는지 모르겠다"며 "자아실현이 목적이냐…." 하시는 말씀도 아팠다. (전혀 인테리어에 손을 대지 않은) 아랫집은 천장형 난방 하나만 틀어도 따뜻하다. 처음 천년식향 인테리어 계획은 아름다움이 우선이었다. 아름다움이 자아실현이라면 자아실현이 맞긴 하다. 낮은 천장을 다 파버린 높은 층고, 석고보드를 뜯고 3면 통유리로 탁 트이게! 환하게! 만들어 보기에는 너무 좋았다. 그러나 겨울에는 너무 춥고 여름에는 더웠다.

12월의 크리스마스 시즌, 예상치 못하게 40년 된 건물이 꽁꽁 얼어붙었다. 눈사람 앞에 놓여 있는 것은 오렌지 내추럴 와인.

남극의 추위까지 녹이는 기후위기를 묘사한 메뉴

속 모르는 남편은 스탠딩 냉난방기를 사라고 매일 잔소리였다. 린은 비용보다 스탠딩 냉난방기를 놓을 장소가 마땅하지 않을뿐더러 인테리어상으로 보기 좋지 않다고 반대했다. 겨울 시상식에 드레스를 입는 기분으로 2년을 견디던 천년식향도, 결국 이번 겨울에는 기후위기에 적지 않게 기여할 수준으로 난방을 했다. 그러자 손님들도 만족했다. 손님들이 덥다 춥다고 불평할 때마다 정말 난감했던 나도, 실은 아름답고 따듯한 공간이면서 기후위기를 고려할 수 있는 방법을 수없이 찾았다. 그러나 결국 손님이 이겼다.

천년식향에서 다양한 시도, 다양한 피드백, 그에 이어지는 끊임없는 성찰과 고민을 계속할 수 있다면, 아마 다음 인테리어를 할 때는 아름다움과 안락함 그리고 지구건강을 같이 도모하는 공간이 될 수 있지 않을까. 아름다우면서도 불편하지 않은, 또 아름답지만 환경에 해를 끼치지 않는, 그 '무엇'은 무엇일까?

실은 잘 모르겠다. 하지만 친환경 건축 신기술, 비용 같은 그런 물질적인 것만으로 충분하지 않다는 사실은 분명하다. 아마도 미래에는 우리가 기존에 생각했던 '아름다움', '불편함'의 정의가 변해 있을 것이다. 프랑스의 기후위기 대책[9]을 보니 너무 배울 것이 많았다. '추우면 겉옷을 입고, 냉방을 하면서 절대 문을 열어놓지 않는다' 같은 기본적인 부

9 "짧은 거리는 기차로"프랑스 기후위기 대응 법안, 어떤 내용 있나?",《뉴스펭귄》, 21.05.06. 프랑스 공립학교에서는 최소 주 1회씩 고기나 생선이 없는 식단을 제공해야 한다는 점도 무척 인상적이다.

분부터 실천하려는 자세가 가장 기억에 남는다. 냉난방기를 튼 상태에서 매 시간마다 환기를 위해서 창문을 열어야 하는 한국과는 사뭇 대비되는 모습이었다.

천년식향 tmi

추운 겨울날 반팔 스웨터를 입을 정도로 따뜻한 공간에서 고기 아닌 콩 스테이크를 팔고 있다면 천년식향은 잘하고 있는 것일까? 손님들에게는 친절해서 불평은 없었지만 지구는 참 불편했을 것이다. 친절함과 불편함 사이에서 오늘도 괴롭다.

3. 귀찮음과의 투쟁기

처빌은 사료보다 채소 요리를 좋아하는 강아지다. 산책할 때마다 싸는 똥을 비닐봉지에 싸서 집으로 가져가면서 생각이 많다. 채소를 먹은 처빌의 똥은 좋은 거름이 될 수 있을 것이라는 생각에서 맨손으로 집어 거름을 만들면서 강아지의 똥 처리에 대해 고민한다. 만약 똥을 비닐에 싸서 가져간다면 플라스틱 비닐은 그냥 소각될 것이며 하루 세 번의 똥은 하루 세 개의 비닐을 만든다.

결국 천년식향의 강아지 처빌의 똥이 거름으로 순환되어 아름다운 당근이 되는 과정, 그리고 맛있게 먹는 과정을 환경재단의 환경영화에 출품했지만, 그리 인기를 얻지는 못했다. 사업 관련 위원들의 모니터링은 강아지 똥을 치우지도 않은 사람들이 많은데, 비닐에 싸서 가지고 가는 것에 문제를 제기하면 그마저도 사람들이 귀찮아하리라는 것이었다.

한편 천년식향에서는 '음쓰 ZERO 캠페인[10]'도 하고 있다. 음식쓰레

10 천년식향과 손님들의 다양한 채소 파지 활용법을 공유하는 '음식쓰레기 줄이기 캠페인'이다. 1. 버려

페이크 다큐 〈개똥의 순환〉

기 줄이기, 누구나 알고 있지만 실천하기 어려운, 일상에 대한 도전이다. 실천하면서 '즐거운 경험!'을 공유할 수 있다고 홍보하지만, 이것도 사실 너무 귀찮다.

이처럼 환경을 고려한다는 것은 지속적인 불편함을 감수하는 것이다. 순간 귀찮지만 결국 나, 그리고 내가 사는 지구를 편안하게 한다는 것을 믿고 현재의 문제를 최소화할 수 있도록 스스로 불편함을 선택하자! 어쩌면 환경을 생각한다는 것은 일상에서 창과 방패처럼 각 개인이 직면한 모순(矛盾)을 최소화하는 것이 아닐까.

모순은 '말이나 행동의 앞뒤가 서로 일치되지 아니함'이라는 뜻이다. 언뜻 모순이라는 말은 우리에게 한쪽과 한쪽의 충돌과 갈등으로 영원한 공존 불가 상태라는 단정을 내리고 있는 것도 같다. "예쁜데 어떻게 신앙이 좋아요?"라고 J목사님은 설교한다(이런 말이 농담처럼 공식적으로 발화되는 것이 놀라워서라도 인용할 이유가 있다). 우리는 건강한 음식이면 달고 짜고 매워 자극적일 수는 없다고 생각한다. 채소는 채소이지 고기가 아니라고 생각한다. 하지만 고기는 아니지만 고기 같은 채소라면? 건강하지만 자극적으로 맛있는 음식이라면?

누구나 내 힘으로 어찌할 수 없는 '모순'인 줄 알고 평생 살았는데,

지는 채소 파지를 사용하여 채식 요리를 한 영상 또는 사진을 인스타나 개인 블로그에 업로드한다. 2. 다음을 태그한다 #음쓰제로캠페인 #천년식향 #환경재단 #GS리테일 #GS샵 #GS샵에코크리에이터 #자원순환 3. 천년식향 예약 시 문자나 DM으로 인스타/블로그 업로드한 링크를 보내준다. 4. 마라떡갈비 증정!

아니 평생 살 뻔했는데 모순이 아닐 수도 있다고 깨닫는 순간이 있다. 이러한 믿음은 '채소 요리의 지속가능성'을 위해서도 적용된다. 변화에 대한 믿음으로 몸을 움직인다면, 고기 이상으로 맛있고 건강한 채소 요리를 만들 수 있다.

천년식향에서는 이런 자세를 인간관계에서도 적용하려고 노력했다. 엄마와 딸, 셰프와 서버, 주인과 직원은 전혀 다른 세계 속 존재처럼 여겨진다. 목사가 교회 신도들에게 힘들다고 말하기 어렵고, 선생이 학교에서 학생들에게 힘들다고 말하기 어려운 것처럼, 회사에서는 대표가 직원에게 힘들다고 말하기 어렵다. 그리고 쉬울 것 같지만 의외로 그 반대도 마찬가지로 어렵다. 대부분은 속내를 밝히려는 시도조차 하지 않는다.

그래서 스타트업 면접에서는 간혹 이런 질문을 한다. "신입인 당신은 대표에게 솔직하게 말할 수 있는가?" 사실은 신입에게 물어서 될 게 아니라, 신입이 그럴 수 있는 환경을 만들어주는 게 대표의 일이다. 식당 일은 모두 협업이고, 솔직한 소통만큼 중요한 것도 또 없다. 하지만 어떤 경우에도 권력을 쥔 사람 앞에서 솔직하게 말하기는 어렵다. 대표의 눈에 어떻게 보일까만 고민하다 결국 속에만 담아두게 된다. 사실 사장도 똑같은 인간이다. 일하다 보면 잘 모르는 부분이 어떤 부분인지도 모르겠고, 어떻게 바꾸면 좋을지 해결책은 더욱 모르겠고, 그냥 막막해서 머리만 뜯게 된다. 다른 이들의 도움이 절실한 상태다.

마찬가지로 천년식향의 정체성[11], 영리 사업장임에도 공익을 추구하는 것이 공존할 수 있다는 사실을 알아가는 중이다. 그동안 영리를 추구해야 하는 일반음식점 사업장이면서 npo, ngo처럼 가치를 판매하는 것이 힘들고 어색했던 때가 사실 많았다. 영리라는 가치와 공익이라는 가치가 모순되는 것은 언뜻 불가피해 보인다.

그러나 주인과 손님, 손님과 직원, 주인과 직원이 함께하는 법, 서로 의존하는 법을 배워 가면서 두려움은 사라졌다. 자신의 감정을 표현하고, 들을 수 있는, 상호 솔직한 환경을 만드는 것이 협업의 지름길이자 모순에 직면하는 자세이다. 물론 순간순간 감정이 상하기도 한다. '욕먹을 용기'가 필요하다. 오늘도 사회적 가치를 실현하는 동시에 수익을 창출할 수 있는 비즈니스 모델을 수립하고 운영하는 기업, 사회적 기업으로서의 천년식향을 고민한다.

---

11 지역, 국가, 국제적으로 조직된 자발적인 비영리 단체나 국가와 시장을 제외한 제3영역의 비영리 단체는, 공익 등을 목적으로 설립되어 돈을 버는 조직이 아니다. 반면 사업장은 돈으로 교환되는 상품을 판매해서 이윤을 창출하고 영리를 추구하는 곳으로, 양자 간의 가장 큰 차이는 설립과 창업 목적이다. 천년식향은 영리를 추구하는 사업장이나 Non-Governmental Organization(비정부기구), Non-Profit Organization(비영리기구)의 가치를 따르며 푸드테크 소셜 벤처 스타트업으로서 최근 주식회사로 전환했다(이 과정은 다음 책에서 설명할 것이다).

4. 와인에 빠진 초파리는 용서 못해

비건이라도 트러플은 절대 먹지 않겠다는 손님들이 있다. 고급 재료인 트러플은 돼지(최근에는 개)를 이용해 채취하는데, 이 동물들에 대한 대접은 박한 수준을 넘어 학대 논란이 있다. 손님들 가운데는 한 마리의 곤충도 박멸하면 안 된다는 입장을 지닌 비건들도 있다. 몇몇 분들은 천년식향의 벌레 잡는 망이 있다고 컴플레인하기도 했고, 심지어 에프킬라로 모기를 잡는 것도 싫어했다. 모기를 놔둘 수는 없지만 원망을 들을 수도 없었기에 늘 몰래 잡았다. 천년식향에서 모기 이상의 골칫거리는 초파리다. 작다 보니 방충망도 뚫을 수 있고, 생명력도 질기다. 청소만이 해결책이다.[12]

---

12 초파리는 파리목 초파리과 곤충을 총칭하는 말로, 자기 친척들처럼 초파리도 위생이라는 관념과는 매우 안 어울린다. 크기도 작아 2~5mm, 눈에 잘 보이지도 않는다. 모기만큼 성가시며 여름철에 과일이나 음식물 쓰레기를 몇 시간이라도 방치하면 귀신같이 달라붙는다. 네이버 지식인에 따르면 보통 음식 찌꺼기를 매개로 번식하지만, 당과 산을 포함한 물체라면 어디든 달려간다고 한다. 맥주나 와인도 좋아할 수밖에 없으니 와인병, 그리고 발효되는 칵테일이 많은 천년식향은 잘못하면 초파리의 천국이 될 수 있다.

저스트 에그로 만든 까르보나라 라비올리

저스트 에그로 만든 트러플 스크램블

어느 날 이런 초파리 한 마리가 와인 병에서 나왔다고 손님이 불렀다. 처음 오픈하자마자 발견된 것이 아니라 마지막 글라스에서 발견된 한 마리였다. 사실 스페인에서 온 와인이라 병 안에서 그들이 살아 있을 수는 없다. 손님은 와인 교환을 요청했다. 순간 난감했다.

숨어 있다가 하필이면 그 향이 좋은 와인에 풍덩 했나 보다. 손님에게는 그렇게 한 마리가 와인 글라스나 와인 병에 들어간 것이라고 설명했다. 그리고 새로운 와인을 오픈하여 한 잔 드리겠다고 제안했다. 어쨌든 초파리가 나온 것은 사실이니까(물론 머리카락 나오면 음식을 교체해주니 전액 교체가 맞을 수도 있다).

일은 한꺼번에 일어난다고, 그 손님은 '저스트 에그'를 사용한 '라비올리'나 '에가즘(Eggasm)'이 메뉴판이 있는 것을 보고 굉장히 불편해하던 손님이었다. 그 당시 파리바게뜨에서 일하던 노동자가 산업재해로 사망했다. '악덕 기업' 파리바게뜨가 유통하는 '저스트 에그'가 들어간 요리는 그래서 판매하면 안 되는데 왜 판매하느냐고 그 손님은 비판했던 것이다. 사실 천년식향도 그 사건 이후 '저스트 에그'를 구입하지 않았지만, 이미 들여놓은 재료에 한해서는 사용하기로 했고, 그래서 메뉴판에도 남아 있었다. 물론 처음에는 전량 폐기도 고민했다. 하지만 이미 구입했던 재료를 버리는 것은 쉽지 않았다.

그래도 이윤을 추구하는 업장이니 이미 사다놓은 재료로 요리하고 그 사실을 숨겨야 하는 것이 정석이었을까? 내가 저스트 에그를 폐기하지 않는 다른 이유는, 유통사 파리바게뜨가 문제이지 저스트 에그의 문제는 아니었기 때문이다. 또 이미 사놓은 저스트 에그로 요리한 것까지 누가 뭐라고 하겠냐, 하는 약간의 느슨한 생각도 있었다. 운동단체가 아니라 그래도 이윤추구 기업이니까, 하는 생각 뒤로 숨은 것이다.

그러나 '저스트 에그'에 대한 반응은 때로 격했으며, 버럭 화를 내는 손님도 있었다. 그날의 손님도 솔드아웃 직전 요리인 '비건 멘보샤 에가즘'을 보고 왜 이런 걸 파냐고 비판했고, 나는 파리바게뜨의 사건 해결과 변화를 보면서 앞으로 구입 여부를 결정할 것이라는 원칙을 설명했다. 그 손님은 그에 수긍했고 비슷한 가격대의 다른 메뉴가 없다며 좀 짜증을 내긴 했지만, 저스트 에그가 들어가지 않은 음식으로 어쨌든 잘 먹는 중이었다. 그런데 거기서 또 마지막에 초파리가 등장한 것이다.

다행히 그날은 와인 한 잔 교체로 잘 마무리되었다. 하지만 마음은 정말 복잡했다. 음식점이라는 환경에서 거주하는 한 마리 초파리의 민폐와 파리바게뜨의 사망 사건, 그 둘에는 나란히 얽힌 감수성과 인내심의 상호 관계가 있다. 사실 초파리는 일반적인 음식점 기준이라면 언뜻 간단한 문제라고도 할 수 있다. 초파리가 절대로 살 수 없는 깨끗한 환경은 음식점의 기본적 서비스로 오너와 직원들의 지속적인 노력 사항이고, 사건이 발생하면 사과하고 음식을 교체하는 매뉴얼을 세우고 실천하면 깔끔하게 끝난다.

그날 나 나 역시 솔직하게, '핑계 같지 않은' 해명을 통해 초파리의 발생에 대해 설명하며 양해를 구했다. "저렇게 과일 발효하기 위해 보관하는 칵테일 병들로 초파리가 있는 듯하다. 앞으로 더 청소 열심히 할 것이며 청결에 신경 쓰겠다." 동시에 비건 음식점에 방문한 저스트 에그 비판 손님이기에 다르게 생각할 수도 있을 거라는 기대도 있었다. 동물 박멸에 컴플레인하는 동물권자들의 목소리도 귀 기울이며, 돌아다니는 생명체에는 좀 느슨하기를 원하는 간청이었다.

그러나 손님은 말했다. '본인은 동물권자가 아니고, 사망 사건에도 무책임한 파리바게뜨의 '저스트 에그'라서 먹지 않는 것이며, 나에게 한 마리 초파리가 더러운 것은 사실이다.' 하나도 틀린 말이 아니었지만 난 그날 아팠다. 그날 나는 초파리의 비위생에 대해 온갖 자료를 찾아보았다. 발생과 박멸 그리고 예방 말고, 정말 초파리가 사람에게 얼마나 비위생적인지 말이다. 과연 인간인 나는 초파리보다 더 위생적인가? 물론 초파리를 합리화할 생각은 없다. 초파리 위생 감수성에 대해 느슨하기를 말하고 싶은 것도 아니다. 절대로 있어서는 안 되는 음식점 공간의 초파리이기 때문이다. 단지 나는 파리바게뜨의 사망 사건의 문제의식으로 저스트 에그를 먹지 않는다는 감수성을 가진 사람이라면 적어도 한 마리 초파리에게 관용쯤은 비칠 수 있어야 한다고 주장하고 싶었던 모양이다. 돈을 받고 음식과 서비스를 판매하고 있기에 그 손님의 말에 어떤 문제제기도 할 수 없는 / 하지 않은 내 처지가 답답하기도 했다. 나름의 견고한 원칙을 고수하는 사람들, 그러면서 절대로 물러서지 않는 사람들과 어떻게 소통할 것인지를 고민하다 그날은 불면의 밤을 보냈다.

(비건을 지향하는) 사람들의 스펙트럼에 대해서 그리고 감수성에 대해서는 여전히 생각 중이다. 포유류 고기는 안 먹지만 생선을 먹는 사람이 있다. 비슷하게 내 강아지는 예뻐하지만 다른 강아지는 식용일 수 있는 반려인도 있다. 더 나가면 강아지를 사랑하는 반려인이 다른 사람의 문제에는 무심하기도 하다. 동물권 활동가이지만 성차별주의자도 있다. 그리고 인종차별에 반대하지만 성차별을 하는 사람도 있다….

그렇다면 '남의 일 같아 관심 없다가도 내일이 되면 민감해지는 것'이 당연한 것인가? 아니면 정치적 윤리적 지향이 자기 마음대로 고무줄처럼 변화한다는 생각에 내가 지나치게 실망하는 것일까? 그것보다는, 아마도 그들이 좀 더 정치적 윤리적으로 고민하는 사람들이기에 그러한 기대를 품는 것이리라. 물론 인간은 너무도 많은 정체성을 가지고 있고, 자신도 모르는 자기만의 모순에 빠져 있는 존재다. 그럼에도 자기 원칙을 지킨다는 것은, 지속적으로 자신의 원칙을 돌아보고 변화를 지향하는 것이 아닐까. 자신의 한계도 인정하면서!

5. '깨진 그릇 서빙'은 주인장의 의도

천년식향은 깨진 그릇도 사용한다. '제로 웨이스트' 컨셉트를 따르는 것이기도 하고, 실은 그릇값이 만만치 않기 때문이기도 하다. 생각보다 가격이 있는 식기를 손님도 깨고 직원도 깬다. 와인 글래스는 200개도 더 깬 것 같다. 자기만의 개성이 있는 와인 글라스가 하나둘 빌 때마다 속이 쓰리다. 어떤 직원은 들고 가던 접시들을 와장창 다 깨고 만다. 빨리 퇴근하고 싶은 마음이었을까, 그렇다고 직원에게 물어달라고 할 수는 없다. 그러니 손님에게도 마찬가지다.

어느 날 깨진 그릇들을 버리다가, 촛대로 사용하거나 접시로 활용해 보기로 했다. 그릇 살 때는 가격 비교도 하지만 천년식향에 어울릴 것인지 아닌지, 이 음식은 어떤 그릇에 담을 때 가장 맛있고 보기 좋을지, 정말 많은 생각하고 관심을 쏟는다. 그렇게 귀하게 산 그릇들은 내게는 일종의 애착 아이템이 된다. 비용 절감이라는 생각보다 그 애착이 더 컸다.

그러나 손님들은 이 나간 그릇을 싫어한다. 손 다칠 수 있어서 싫어

금이 간 와인 글라스을 활용한 꽃병. 가운데 오렌지 와인의 블랙독 라벨은 와인 메이커의 강아지가 모델이다.

시카고의 미슐랭 1스타 다이닝의 모습. 과자 상자부터 일회용 케첩까지 하찮은 소재들로 심혈을 기울인 플레이팅이 쏠쏠한 재미를 준다.

하나 했는데 입에 들어가는 음식이 깨진 그릇에 있는 것을 참을 수 없어 했다. 이것은 손님이 나를 부르는 첫째 이유이기도 하다. '이가 나갔으니 그릇을 교체해 달라'. 금이 간 글라스는 혹 입을 다치게 할 수 있으니 촛대로만 쓰지만, 입에 닿지 않는 접시도 그들에게는 절대 불가이다. 나에게 조심스럽게 '타이르듯이' 하는 말들은 항상 같다.

이렇게 고급스러운 / 비싼 가게에서 깨진 그릇을 어떻게 쓸 수 있는지다. '부주의하여 이빨 빠진 것을 못 본 것 같으니 지금 빨리 교환해달라'고 요청한다. 파인 다이닝에 대한 기대이기도 하지만, 손님에게 합당한 서비스가 아니라는 것이다. 깨진 그릇에 대접한다는 것 자체가 상식이 아니라는 말도 들었다. 맞는 말이다. 어릴 때 엄마도 깨진 그릇은 무조건 버렸다. 다쳐서 버린다기보다 깨진 그릇은 그냥 버려야 했다. 나의 소꿉놀이 용기로 숨겨놓아도 엄마 눈에 뜨이면 버려야 했다.

언젠가 나는 '깨진 접시 같은 깨진 여자'에 대한 이야기를 듣게 되었다. 그에 따르면, 과거 혼전 성관계를 한 여성은 깨진 그릇이다. 함부로 다루면 깨지는 '유리'를 대하듯이 여성을 조심스럽게 금지옥엽(金枝玉葉)으로 키워 시집을 보낸다. 첫 성관계 대상이 남편이어야 한다…. 남편만이 여성을 깰 수 있다는 소리인가?

원나잇 섹스가 쉬워진 지금, 깨진 그릇과 성관계를 한 여성을 연관시킨다는 것이 비약일 수 있고 쓰면서도 웃기지만, 40대 이상 여성들은 그런 '깨진 여성'에 대한 통념을 내면화하고 있다. 그래서 그랬을까? 나이든 여성들은 백이면 백, 그릇 교체를 요청한다.

처음에는 말없이 교체해드리다가 마음먹고 '제로 웨이스트 철학'을 설명했다. 아이들이 오면 깨진 그릇, 촛대 등 장식구는 치우나 성인의 경우 물컵이 아니라면 깨진 그릇에 서빙한다고 이야기했다. 물론 일부러 깬 것은 아니라고 설명했다.

최근에 시카고의 미슐랭 1스타 다이닝에 갔었다. 그곳의 식기들은 찌그러진 깡통에서부터 돌, 조개껍데기, 일회용 케첩까지 정말 다양했다. 가격도 비싼 미슐랭 3스타부터 가이드까지 각각의 특성을 지니고 있었지만 어떤 누구도 가게의 특별함, 기이함에 대해 토를 달지 않았다.

그 자체를 받아들이고 즐긴다고 할까? 외국의 다이닝 경험이 물론 모범 사례는 아니지만, 그 다양성만큼은 존중하고 싶다. 그리고 한국에서도 천편일률 격식을 갖춘 파인보다 다양하게 '파인 다이닝' 하면 좋겠다.

6. 신비주의 영업전략?

네이버 평점을 믿지 않는다. 브랜딩, 홍보를 담당한다는 이름 모를 회사로부터 "천년식향이 무료 홍보 지원 업체로 선정되었다"는 전화를 하나둘 받을 때부터였다. 그들은 자기들이 네이버 평점을 관리하는 일을 한다면서, 몇 가지 '팁'을 전달하곤 했다.

> 별점 관리, 칭찬 리뷰 노출 중요한 거 아시죠? 그런데 살펴보니 사장님 가게만 노출이 안 되어있어요. 저희가 일 년에 인플루언서의 리뷰를 30개 플러스 알파 노출, 네이버플레이스 초기 노출 등을 해드리는데요. 저희 직원들이 지금 매출 3배 이상은 올려드립니다. (…) 지금은 무료 당첨되었으니 써보시고 결정하세요. 인플루언서가 리뷰 관리해드리면 그분 식사만 책임지면 됩니다. 가게마다 다르지만 추후 관리비로 십만 원(부가세 별도) 홍보 비용을 내시면...

굉장히 솔깃한 제안이었다. 창업 초기에는 '한번 해볼까?' 싶기도 했다. 당장 거의 무료로 매출을 3배 올려준다는데 혹하지 않는 사장은 없을 것이다. 그런데 매일같이 그런 전화를 받다 보니, 이제까지 내가 본 평점이며 리뷰가 다 '조작'된 것일 수도 있다는 불신이 생기고 말았다. 물론 내 돈으로 내가 산다는 '내돈내산' 리뷰나, 소정의 협찬을 받았다고 고백하는 블로그나 리뷰도 많다. 하지만 무시할 수 없는 숫자의 리뷰가 알고 보면 이런 기획 홍보의 결과물인 것이었다.

홍보 마케팅 차원으로 올라오는 글들은 칭찬 일색이기만 할 것이다. 그러니 이제 어디 갈 때 음식점의 별점이나 맛 평가가 높다고 그대로 믿는 사람도 드물어졌다. 그래서 가끔 올라오는 비추 후기 하나가 작은 업장에는 치명적으로 작용하기도 하고, 그런 일에 대한 두려움이 업장으로 하여금 평점 관리를 할 수밖에 없게끔 만들기도 한다. 평점의 부작용이 워낙 심했는지, 지금은 네이버에서 5단계 별점을 아예 매길 수 없게 만들어놓았다.

물론 브랜드 명성도, '내돈내산'들과의 네트워킹도 아직 없는 가게들은 당연하게 홍보 대행업체에 의존할 수밖에 없겠다는 생각도 한다. 팔로워가 많은 유명인의 한마디 언급이나, 성실하게 운영되는 SNS에 올라온 소개가 가게에 큰 도움이 된다는 것을 천년식향도 경험했다. 하기야 광고도 새로운 제품을 알린다는 목적을 위해 유명인을 내세워 제품을 설명하는 것이 아닌가? 광고는 현대 사회에서 당연한 것으로 여겨진다. 인플루언서 마케팅이라고 한들 그것과 본질적인 차이가 있을까 싶기도 하다.

〈맛있는 녀석들〉을 촬영하고 나서는 기성 미디어가 지닌 '에토스[13]'의 힘을 절실하게 느끼기도 했다. 방송 한 번에 그 많던 '비싸다'는 이야기가 쏙 들어갔으니 얼마나 '웃픈' 일인가. 오히려 정반대의 현상도 벌어진다. 〈맛있는 녀석들〉 방송 직후 찾아온 손님 3명이 세트당 20만 원이 넘는 2인분 레드페어링 메뉴를 3세트나 주문해서, 손님을 오히려 우리가 말린 적도 있었다. 자기 프로그램에 소개하고 싶다는 방송, 잡지들이 그 밖에도 많았으니 천년식향으로서는 다행스러운 일이었다. 하지만 그에 대한 대응도 쉽지만은 않았다.

특히 어려웠던 것은 홍보에 필연적으로 따르는 시간 및 에너지 문제였다. 홍보 관련 업체들은 대개 음식 촬영 및 셰프 인터뷰로 짧으면 2시간 넉넉하게 4시간 정도를 요청한다. 내가 그만큼의 시간과 노동력의 비용이 산정되냐고 물으면, 그들의 대답은 늘 비슷하다. "우리가 홍보를 해주는데 왜 비용을 내야 하지요? 이제까지 비용을 내본 적이 없어요." 비용 요청은 정당한 것이라도 막상 말을 꺼내기는 어렵다. 게다가 어렵게 말을 꺼내도 상대편이 홍보에 비용 청구 같은 건 아무도 안 한다고 반응하면 반박하기 쉽지 않다.

특히 최근에는 ESG 경영(지속가능한 기업활동을 위한 '환경, 사회, 투명' 경영을 뜻함) 공시[14]를 준비해야 하는 대기업들의 홍보 요청이 잦다. 그런데

---

13 대중을 설득시키는 화자의 개성 또는 특질. 같은 내용이라도 방송이 이야기하면 사람들이 신뢰하는 것이 대표적인 예다.

14 ESG 공시화는 국내에서 2025년 의무화를 목표로 단계적으로 적용되고 있다. 모 대행업체는 특정

대기업이 더 가관이다. 천년식향의 활동 자료를 우리 측에서 정리해서 주면 자기들이 편집해서 올리겠다는 요구에 처음에는 귀를 의심했다. 내가 왜 그 기업 공시를 위해 우리 자료를 정리해야 하지? 너희가 안 주면 우리는 다른 곳 찾으면 된다는 그 당당한 말투는 나의 심기를 건드린다. 나 역시 당당하지 않을 이유가 없다. "다른 곳 찾아보시죠!"

왜 남의 시간을 사용하여 자신 기관 홍보 내용을 채우면서 비용 책정은 없는지, 정말 캐묻고 싶다. 자기들은 비용을 내고 기사화한 적이 없다며 거절하는 것은 양반이다. 유명한 사람이나 비용을 요청하는 거라는 훈계도 들었다. 한술 더 떠 '방송 기사화해 줄 터이니 홍보비용을 내라'는 업체도 있었다. 아예 회사명을 여기 공개하고 싶은 수준의 얌체 방송, 유명 기업들도 너무 많았다.

그나마 공공기관은 인터뷰 명목으로 20만 원짜리 상품권을 주기도 한다. 그런데 요청하지 않으면 주지 않기도 한다. 심지어 준다고 해놓고서 주지 않기도 한다. 약속한 상품권을 달라고 전화로 독촉이라도 해야 하나 고민하는 내 자신이 처량하게 느껴지곤 했다.

과거 강사 시절에 경험했던 것들을 나는 또다시 겪는다. '강의 요청자는 강의 내용은 말하지만 강의 비용은 말하지 않는다.' 강사는 주는 대로만 받아가라는 것이다. 강사비를 협상했다가는 '돈을 밝히는 사람'으로 찍히기 마련이고 다음부터 불러주지 않는다. 노동을 돈으로 환산

대기업의 현황진단부터 탄소중립, 온실가스량 산정 등을 소개하면서 ESG 관련 홈페이지에 비건 다이닝 천년식향 등 제로 웨이스트 기업 3군데를 소개하겠다고 제안했다.

제주푸드앤와인 페스티벌 촬영중인 린 셰프. 비영리 단체라 돈은 주지 않았지만, 사진은 주셨다.

하는 자본주의 사회에서 노동의 대가를 묻지 말고, 알아서 주는 대로 받는 것이 옳을까? 그래도 강사비용은 입금이 언젠가는 되기 마련이었다. 그런데 음식점의 인터뷰나 촬영 등은 끝까지 '유노동 무임금'일 때가 많았다. 심지어 그래 놓고 방송 송출이 안 되는 경우도 있다. 화가 나서 현수막이라도 걸고 싶은 심정이다!

상대방의 노동력을 인정하지 않는 한국 사회!
공짜[15]를 정말 좋아하는 한국 사회!

이러한 기업의 '공짜 심리' 관행에 흥분하며 린에게 이야기했더니, 세상에, 더 가관이다. 나보다 더 많이 당한 사람이 거기 있었다.

"나 소식[16]에서 일할 때 인터뷰 300번 이상 했는데 돈 받고 한 적 거의 없는데…."

2주일 고생하고 15만 원 받은 것이 전부였단다. 그리고 그렇게 시간과 에너지를 들여 촬영과 인터뷰를 했는데 이후 아무 기별 없이 실리지 않는 기사들도 많았다는 것이다. 그 당시 린은 원래 언론은 그런 곳이라

---

15 공짜를 좋아하는 사회이다 보니 '뇌물공여사회'가 일상적이다. 김영란법의 탄생 이유이다. 물론 김영란법을 피하는 '새로운 방법'이 공유되지만, 누가 말하기를 '그 관행, 비법을 공개하면 너희 가게에 아무도 안 올 것'이라나, 그런 협박(?)도 받았다.

16 이태원 해방촌에서 린은 범선, 박연과 사찰음식의 재해석을 모토로 비건다이닝(2018.10~2020. 2)을 운영했다.

고 생각해서 기대도 없었으며, 홍보할수록 비건이 알려지니 몸을 갈아가며 인터뷰에 응했다고 한다. 그래서 안백린이 '비건 셰프'로 유명해진 것도 사실이다.

어린 친구 홍보해준다고 불러내고 희롱과 성폭력, 사기 치는 경우를 여성문제 일을 하면서 너무 많이 접해서 그런지, 린의 경험을 들으며 아연하기만 했다. "나 같은 '직업병'이 없는, 유명해지기만을 기대하는 젊은 여성들이 어쩌면 피해 볼 수도 있겠다!" 싶었고, 실제로 무슨 비건 연예인으로 영입해서 키워준다는 기획사 전화까지 받고 나니 내 마음속으로만 담아 두던 계획은 굳어졌다.

그래서 홍보 관련 내부 지침을 만들고 바깥과도 공유하기로 한다 (227페이지, 정직한 평판/홍보관리 십계명). 물론 걱정은 된다. 이것저것 '조건'을 이야기해서 까다로운 사람으로 찍히지 않을까, 그래서 '너만 있냐? 안 해도 그만'이 되어 영원히 섭외가 오지 않으면 어쩌지…. 그럼에도 '상호 억울함 방지'와 '정직한 홍보'를 위한 나름의 원칙을 만들어야 한다.

지속가능한 돈벌기 십계명

사업체의 기본 목표는 영리 추구. 그렇다고 누구나 부자가 되는 것은 아니다. 대단한 부는 하늘이 주신다. 물론 운명론에만 빠지지 않기 위해 지속적인 노력을, 같은 곳에 머무르지 않고 변화하는 노력을, 언제나 듣고 수정하려는 노력을, 직원과 함께 솔직하게 토론하려는 노력을 해야 한다. 그 결과 물리적인 돈은 꼭 아니더라도 사회적 가치(비재무적 자원)는 확실히 벌 수 있다는 믿음을 품는다.

○ 하나, 순이익의 범위

지금과 같은 구조에서 음식 자영업으로 절대 돈은 벌 수 없다. 그냥 자신의 노동력으로 생계유지! 하는 것으로 생각하라(대규모 자본이 있는 음식점만이 돈을 번다).

○ 둘, 돈 버는 이유

장사를 통해 돈을 버는 이유를 분명하게 세운다. 돈 벌어서 무엇을 하고 싶은가?

○ 셋, 단계별 계획 실행과 업데이트

경험-현상유지-도약-비상의 단계별 계획을 세운다. 생각보다 어렵다. 나 역시 막연하게 시작했지만 계획과 결과를 지속 업데이트하고 있다.

○ 넷, 네트워킹

주변 사람들의 이야기를 많이 듣고 언론의 동향에 귀를 기울인다. 지인뿐 아니라 모르는 사람, 비슷한 업종의 자영업자, 공무원, 정책입안자 등뿐 아니라 언론을 통해 트렌드 읽기, 세금 및 정책 변화, 소비물가 등에 대한 관심을 갖는다. 결국 장사도 삶의 과정이다.

○ 다섯, 재고정리 및 규정 준수

과소비 대량소비가 아니라 정말 필요한 것만 구입하는 것은 유통기간이 있는 음식업의 필수조건이다. 또한 구청, 세무서, 소방서, 식약처 등의 공문 지침을 준수한다.

○ 여섯, 차별성

다른 집과의 맛과 요리, 공간의 차별성은 다이닝의 지속가능성이다.

○ 일곱, 손님 응대

손님의 지적이 때로는 기분 나쁘더라도, 원칙을 준수하면서 듣고 수정 보완한다.

○ 여덟, 직원복지와 인권 존중

4대 보험과 월급은 기본조건이고 다른 곳보다 장점이 더 있어야 한다. 괜찮은 직원은 '복'이다.

○ 아홉, 가게 원칙

적어도 양보할 수 있는 마지노선을 정하라.

○ 열, 재투자

인테리어뿐 아니라 요리 업데이트, 손님 응대, 사업주 마인드 고양 등에 지속적으로 재투자해야 한다.

3

배부르고 싶지만 아름답게 즐기고 싶고

1. 창의적 불안을 위해, 혼술 하실래요?

외식은 예전만큼은 아니지만 여전히 특별하다. 집 밖에서 음식을 먹을 때는 집밥과는 다른 즐거움, 행복, 그리고 재미를 기대하게 된다. 특히 격식 있는 레스토랑에서 귀한 사람들과 함께 음식을 먹는 행위는 '문명화된 먹기'의 극치이기도 하다. 천년식향을 방문한 손님 역시 격조 있는 옷차림들이 많다. 아름다운 꽃다발을 들고 오거나.

그래서인지 셰프(린)가 가게 구석에서 야구 모자를 쓰고 노트북으로 서류 작업을 해서 실망스럽다는, 비판적인 블로그 글도 있었다. 자신의 공간에서 노트북을 할 수도 있는데, 또 노트북을 사용하는 혼밥 손님도 있는데 이렇게 반응하는 건 의외라고 생각했다. 천년식향은 '비정형성'이라고 미리 이야기해 놓았지만, 비용을 낸 손님들은 대접을 기대하고 대접해야 하는 셰프가 그렇지 않다는 것에는 실망하는 모양이다.

아마 가격과 분위기 때문일까? 파인 다이닝이 아닌, 비정형적이며 편안함을 추구하는 공간이라고 해도, 방문 손님들은 천년식향을 특별한 공간으로 기대하는 모양이다. 격조 있는 만남의 자리로 천년식향을 선

야구모자를 쓰고 조리하는 린 셰프.

택하신 손님들은, 기존의 음식점과 다른 모양과 생각을 가진 나나 린의 태도에 놀란다. 감사하고 불편한 것이 많아 죄송하면서 손님의 기대와 입장을 배운다.

근 3년 동안 '썸' 타는 손님, 처음 만나는 손님, 상견례까지 정말 다양한 손님을 만났다. 그런데 간혹, 혼자 방문하여 코스를 먹거나 와인 두 병까지 혼자 마시는 손님도 있다. 대체로 비건을 표방하는 이들이지만 항상 그런 것은 아니다. 특히 강아지를 동반하여 혼술하는 손님에게 나는 묘한 친밀감을 느끼곤 한다. 괜히 다가가서 그 침묵을 방해 놓기도 한다. 그들이 더 반길 때도 있다.

"오늘은 나를 위해 사치하고 싶어요"

"그냥 혼자 놀다 갈게요"

"신경 쓰지 않으셔도 돼요"

그러나 간혹 불안하기도 하다. 결코 부담 없는 가격이 아니기도 하니까. "지금은 형편이 안 되지만 12개월 할부가 되면 한 병 더 마실게요!"라고 제안하는 손님에게 부모처럼 잔소리를 해야 하나, 사장님처럼 부추겨야 하나…. 순간 고민하기도 한다. 손님들의 선택을 무조건적으로 존중하며 그냥 음식을 판매하기에는 생각할 거리가 많다. 너무 무리하는 것 같은 손님은 자제시키기도 하지만 무리한다는 그 느낌도 내 착각일 때가 많았다.

손님들 역시 그냥 음식 이야기도 하지만 친해지면 본인들의 힘듦에 대해서도 조금씩 말한다. 때로는 와인을 마시며, 사치를 하면서 불안한 감정을 떨쳐버리고 싶다고도 한다. 현대인들은 보통 불안한 감정을 나쁘게 생각한다. 재빨리 그 감정을 억압하여 잊어버린 척하는 게 모범 답안처럼 여겨진다. 불안한 모습은 '전문성', '능력', '자기계발' 같은 단어와 어울리지 않는 것으로 취급하기에 그렇다. 그래서 사람들은 겉으로는 아무 일 없는 척하면서 몰래 술을 마시곤 한다. 마시면 마실수록 판단력은 흐려지고, 기분은 고양되어 고민하던 일들은 사라지고 모든 것이 소망대로 다 이루어질 것만 같다. 하지만 올라간 기분이 내려오면, 생각이 꼬리에 꼬리를 물며 최악의 시나리오를 쓰기 시작한다. 자기 자신에 과도한 초점을 맞추고, '왜 나는 늘 이런 식으로만 반응할까?' 하며 자책하게 만들면서. 그렇게 감정을 무시하려고 애쓴 결과는 실패한 망각 혹은 반복적인 흐느낌이다.

하버드대 심리학자 수전 데이비드는《감정이라는 무기》[17]라는 저서에서 불안을 포함한 (보통 부정적이라고 칭해지는) 감정이 실은 유용한 느낌이라고 말하며, 이 느낌들을 부정적이라고 칭하는 잘못된 신화를 깨뜨려야 한다고 강력하게 주장한다. 긍정적인 감정만 옳은 것이 아니

17 북하우스, 2017. 원제 Emotional Agility. 그녀에 따르면, 불안한 감정은 확증편향을 줄이고, 자만심을 낮추며, 조심성과 인내심을 높이고, 추진력과 정의감 또는 연민도 올리는 역할을 한다. 오히려 지나치게 긍정적 감정들(물론 긍정적인 감정 또한 때로 유용하지만)에 휩싸이면 창의성이 떨어지고, 주변 환경을 안전하고 익숙하게 여겨 어떤 것이든 힘들여 오랫동안 생각하지 않는 경향이 있다. 상대적으로 더 쉽게 중간 과정을 생략하고 어떤 결론을 내리거나, 미리 정해져 있는 고정관념에 의존한다는 것이다.

천년식향은 혼술하는 손님을 환영해요! 강아지를 동반한 손님은 더욱.

라 부정적인 감정도 모두 그 나름의 가치를 지니고 있다는 것이다.

천년식향은 '창의적 불안'을 즐기는 공간으로도 활용되기를 원한다. 화려한 공간, 고혹적인 공간, 특별한 공간으로 사진 찍히는 것(SNS용 가게) 이상으로. 따뜻하고 우아하다는 칭찬도 좋지만, 불안을 횡단하는, 타인과의 수다를 넘어 나의 감정들과 수다하는, '망가져' 보이는 나의 민낯과 만나는, 새로운 사유를 하는 공간이 되기를 희망한다.

혹 음식을 먹으며 자신과 수다를 잘하면, 없애고 싶은 불안이 아니라 유용한 불안이 되지 않을까? 12개월 할부한 손님을 포함한, 수많은 혼술 손님들의 (억압된) 불안의 창의적 승화를 위해 기도한다. 그들의 혼술이 부러워지도록.

천년식향 tmi

천년식향에 찾아온 혼술 손님이 엄청 화가 나 있었다. 여러 이야기 끝에 요즘 화병 난 이야기를 한다. 술이 웬수라며 맘껏 억울해했다. 술 잘 먹고 잘 놀아 프로젝트 회식 때마다 의무 참석했으며 낮에도 최선을 다해 동료와 상사의 인정을 받았단다. 그러나 승진 심사 때 누락되었다. '여자가 술을 너무 잘 먹어서'라는 이유를 전해 듣고 너무 화가 나서 매일 밤 술을 마신단다. 사실 같지 않은, 그러나 너무나 사실적인 그 이야기를 들으며 나 역시, 그날 잔뜩 마셨다.

2. 너무 자랑질 같지만, 'FOOD is FASHION'을 배우다

살다 보면 정말 가끔 명세서 생각하지 않고 카드를 지를 때가 있다. 천년식향 2년간의 경험 끝에, 나는 영화에서나 보는 미국의 TOP 다이닝 & BAR를 시찰하기로 큰맘을 먹었다. 가게를 직원에게 맡기고 과감하게 미국을 린과 다녀왔다. 살다 살다 음식에 이렇게 많은 시간과 비용을 쓰다니…. 내돈내산으로 미슐랭 3스타 2스타 1스타 가이드까지 뉴욕, 시카고, LA, 샌프란시스코 네 지역의 유명 다이닝을 돌고 내추럴 와인 페어를 다녀왔다. 덕분에 더 이상 미국의 미슐랭 스타 음식점에 대한 욕망이 없다(?).

음식 맛, 공간, 서비스 등 사진에서나 보던 곳을 직접 목격하는 순간에는 정말 세상은 놀랍다는 감탄사 이상 뱉을 수 있는 언어가 없었다. 그것이야말로 나를 위한 선물이었다. 이 자리에서는 특히 음식과 와인의 페어링의 중요성에 대해 알 수 있었던 뉴욕의 비건 미슐랭 3스타 일레븐 매디슨 파크(@elevenmadisonpark, 줄여서 EMP)와, 단테(@dantenewyorkcity)에 대한 경험과 감상, 고찰을 나누고 싶다. 큰 돈을 너무 빨리 썼구나 싶기도 했지만, 반대로 너무 자랑질 같아 공개할 것을 고민하기도 했다.

먼저 EMP.

시간을 들여 요리하는 정성도 그렇지만, EMP의 명성의 근본은 와인과 칵테일 페어링이 아닐까 싶다. 무려 15,000가지의 와인 리스트를 가지고 있으며, 1965년산 와인까지 만나볼 수 있었다. 특히 버섯, 미역, 그리고 세이보리 채수를 활용한 무알콜 칵테일은 상상 그 이상. 와인 잔에 담겨진 버섯, 그리고 무려 미역 국물 향이 나는 칵테일이라니, 상상할 수 없는 재료로 만든 칵테일을 마셨다. 과연 이러한 도전적인 시도는 어디에서 오는 것일까?

뿐만 아니라 이곳의 요리는 결국 평소 간이 세다고 평가되는 천년식향보다도 소금간이 훨씬 강했는데, 와인 페어링을 하니 놀랍게도 전혀 짜게 느껴지지 않았다. 보통 한국 다이닝에서 소금을 요청하는 린조차도 소금을 요청하지 않았다(제발 짜게 먹지 말라는 잔소리에 린은 야채를 많이 먹으니 괜찮다고 응답한다. 린의 주식은 야채와 두유, 그리고 하루 딱 한 끼만 먹는다).

뉴욕의 타 레스토랑도 비슷한 염도의 음식들이 서빙되는 걸 보며, 미국은 저염에 포커스를 맞추기보다는 미식 문화 그 자체에 무게를 더 둔다는 것이 느껴졌다. 본연의 맛을 살리는 음식, 그 요리를 한 층 더 돋보이게 해주는 와인과의 마리아주. 밥과 반찬을 무엇 하나만 먹지 않고 같이 먹듯, 음식에 와인을 곁들여 즐기는 모습은 너무도 당연한 일상 그 자체였다. 와인을 판매하는 소믈리에로, 그 마리아주 문화가 부러웠다.

콜라 캔 위의 파인다이닝, 미슐랭 1스타 플레이팅

사치스러운 와인 페어링 같아 보이지만, 실은 EMP의 '정갈한' 티 페어링이었다.

와인을 즐기는 문화, 그렇다고 부어라 마셔라 폭음하는 문화가 아니라 금방이라도 무도회가 열릴 것 같은 그 분위기가 좋았다.

미국에서 만난 또 하나의 레스토랑, 칵테일 페어링이 훌륭하다고 소문난, '2022 The World's Best Bars 50'에 선정된 단테(@dantenewyork-city) 또한 그러했다. 역시나 기대했던 대로 훌륭한 칵테일 페어링을 경험할 수 있었는데, 다들 그 명성을 알아서인지 5시 조금 넘어서 갔는데도 단테에만 사람들이 몰려 있었다. 주문한 모든 칵테일은 신선하게 착즙된 주스와 블렌딩되어 있었고, 착즙할 때 나오는 거품이 마치 달걀 흰

백과사전 분량인 미슐랭 레스토랑의 와인 리스트. 나는 안경 끼고 공부하느라(소믈리에니까) 여념이 없다.

미슐랭 레스토랑이
물휴지 안 쓰고 테이블 정리하는 법

미슐랭 1스타의 비정형 인테리어(점심에는 무척 붐빈다)

버려지는 소뼈로 만든 그릇 위에 올려진, 직접 키운 소의 비프스테이크

직접 만든 돌 접시에 올려진 발효 채소

미슐랭 2스타의, 버려지는 소뼈로 만든 캔들 홀더

자[18]를 대신하는 듯 바디감을 만들어주는 것이 특히 인상적이었다. 정말 사랑하는 사람들과 같이 마시고 싶은 분위기였다. 훌륭한 맛과 자태, 캐주얼한 포맷에서 하이퀄리티를 찾는 모습이 특히 기억에 남는다.

주문이 들어올 때마다 착즙한다는 단테의 원칙은 사실 업장을 운영하는 입장에서는 보통 어려운 것이 아니다. 시럽보다 싱그러운 그 생과일 향의 가치는 물론, 착즙하는 노동력의 가치까지 인정해주는 문화가

18 보통 칵테일의 크리미한 거품은 달걀 흰자로 만들어진다

있기에 가능한 실험적인 시도였을 것이다. 이런 다양성이 존중받는 모습을 보며, 아직 한국에서 어찌 보면 비주류인 비건 다이닝을 운영하는 사람으로서 '과연 한국의 와인 페어링 문화는 어디에 있을까?' 하며 곱씹게 되었다. 아니, 와인뿐만이 아닌 술 페어링 문화 자체가 서구에 비하면 대중성이 떨어진다. 소주 맥주는 좋아하지만, 퀄리티 음료에는 비용을 정말 쓰고 싶지 않아 하기 때문이다.

린은 500종이 넘는 와인을 테이스팅해보며 느낀 감각들을 페어링 메뉴[19]에 담았다. 단순히 술이 아닌, 미식의 영역에서. 다이닝과 와인 두 가지 모두를 연구하는 사람으로서 페어링을 자신 있게 추천한다고 말한다. 실제로 '불편한 레스토랑'인 천년식향에서도 손님이 페어링을 경험한 이후의 컴플레인은 있었던 적이 전혀 없다. 그러나 새로운 다이닝에 와서도 어떤 이들은 과거의 습관에 그대로 머물러 있다. 와인과 같이 드시면 맛있다고 말을 하면 의심이 가득하다. 의심을 넘어, 음료 정책을 듣고 나서는 화를 내며 나가기도 한다. 그러면 '아, 이제 악플이 가득 달리겠구나….' 하는 생각이 머리에 스친다.

천년식향 음식은 꼭 짜다기보다는 처음 먹어보는 맛이며, 또 간이 복합적이다. 글로벌 경험이 있는 손님들은 맛있는 음식은 간이 있는 법이라며, 간이 딱 좋다는 찬사를 해주기도 한다. 하지만 요리사가 아닌 나는, 와인 없이 먹을 수 있게 덜 짜고 맛있게 요리하면 되지 않냐는 손님

---

19 페어링이란, 음료(주로 와인)와 요리를 함께 먹는다는 뜻이다. 천년식향의 메뉴들은 같이 먹었을 때 더 맛있어지는 '마리아주'를 위해 요리와 와인을 매칭시키고 있다

진짜 생꽃 넣은 칵테일

생과일을 직접 착즙하는 칵테일. 팜투테이블을 실천.

들의 불만에 대처하기 쉽지 않다. 나만 해도 저염 문화에 익숙한 탓에 린에게 제발 짜게 하지 말라고 간청하곤 한다. 린은 '덜 짜고, 일반인들이 좋아할 맛으로, 건강에 좋게 만들기는 불가능, 특히 비건이라면 어불성설'이라고 한다. 김치만 먹으면 짠 것은 당연하며, 커피 없이 치즈케이크는 물리며, 콜라 없이 피자는 느끼하다는 것이다. 다른 음식은 그런데 비건이라고 해서 물만 먹어야 할 이유는 어째서인가. 그런 암묵적(?) 문화에 따른 요구를 접할 때마다 린은 미치려고 했다!

천년식향의 다소 쓰린 경험이 있어서인지 단테의 다양성은 부러움을 넘어 감탄할 수밖에 없었다. 천년식향은 다이닝 바다. 모든 요리가 '와인과 페어링을 했을 때 가장 높은 만족도'를 느낄 수 있도록, 수없이 연구하고, 먹어보며 까다롭게 맞춰두었다. 그럼에도 아직까지 와인은 '넘사벽'이다. 처음에는 와인이 안 통하는 게 비용 문제라고 생각했지만, 삼겹살에 소주로 10만 원 넘게 먹는 가게는 바글바글한 걸 보며, 배부르게 먹는 '양'의 문화의 중요성을 실감하기도 한다. 물론 세상의 통념을 깨기란 쉽지 않음을, 나 역시 꼰대인 고로 늘 이해하고 있다. 결국 미국 다이닝 문화를 통해 느낀 것은 음식은 그 사회의 문화와 밀접하다는 진실, 즉 음식이야말로 '패션'이라는 사실이다.

3. 좋은 재료는 감사하지만 싸게 먹고 싶고

천년식향에서 쓰는 재료들은 언뜻 보기와는 달리 제법 가격이 세다. 린은 요리할 때마다 난감해한다. 그러니 손님들이 난감해하는 것도 당연하다. 그리고 자연스럽게 궁금해한다. '어떤 재료이길래 가격이 이럴까? 꼭 이런 재료를 써야 하나?' 대표적으로 '트러플[20]'은 고급 요리에 자주 등장하는 비싼 재료다. ○○다이닝에서도 트러플을 가니쉬로 추가하면 1만 원에서 3만 원을 더 받는다. 이런 재료를 쓰지 않고 요리를 할 수 있는 것은 아닐지, 손님 입장에서는 충분히 질문할 수 있다.

일반 밀가루를 사용하지 않고 유기농 밀가루를 쓰는 이유는 무엇일까? 달걀 대신 저스트 에그(저스트 에그, 영어로 Just Egg는 샌프란시스코 푸드테

---

20 트러플(truffle)은 서양 송로버섯의 한 품종으로, 오래전부터 진귀한 음식으로 대접받았다. 대개 흰색과 검은색 두 가지 패턴으로, 땅속에서 자란다. 유럽에서는 전통적으로 돼지나 개 같은 후각이 발달한 동물을 활용하여 흙 아래 묻혀 있는 트러플을 채취했다. 개점 초기에 '강한' 비건들은 트러플을 뿌리지 말라 요청했으며 나는 주문받을 때마다 매번 묻곤 했다. 안 먹고 소비하지 않으면 팔리지 않을 것이라는 기대를 알고 있었지만, 천년식향은 맛을 위해 트러플을 사용했다. 트러플 등 문제적 재료에 강하게 저항하던 분들은 이후 오지 않는다. 손님이 원하지 않을 때 재료를 넣지 않는 것만으로는 불충분했던 셈이다. 결국 어디까지 선택할지 결단과 책임은 천년식향의 몫이다.

칡 전분으로 만든 모짜렐라가 올라간 토마토 피자

크 기업에서 개발한 '땅에서 나는 식물성 계란'이다. 닭이 낳은 계란과 정말 비슷하다. 린은 비건 베지테리언 레스토랑 @thebutchersdaughter_official에서 일하면서 알았던 그 맛이 처음에 정말 믿기지 않았단다.)를 쓰는 이유는 또 무엇일까, 아니 '저스트 에그' 그 자체를 쓰지 않으면 안 되나? 굳이 칡 전분, 두유, 캐슈넛을 활용하여 어렵고 힘들게 식물성 치즈를 만들어야 하나, 등등. 저렴한 재료로, 양도 많고, 손이 덜 가는 요리를 해야 합리적 가격으로 많은 손님들이 비건 요리를 먹을 수 있지 않을지, 나 역시 수없이 질문한다. '그냥 모든 것을 포기하고 다만 값싸고 맛있게만 요리하면 지금보다 손님이 2배로 많이 올 텐데….' 하는 생각도 든다.

나만 그런 게 아니다. 린조차 그런 유혹에 빠지는 걸 보며 나도 깜짝 놀라고 린도 깜짝 놀란다. 우리만 그런 게 아니다. 토종을 강조하며 토종을 판매하는 가배울[21]의 김정희 선배도 천년식향이 비싸서 못 온다고 얘기할 때면, 이게 대체 무슨 아이러니인가 싶다. 그 순간 화가 난 나는 말한다.

"언니가 그런 말 하면 안 되지. 그냥 유기농 들깨도 일반 들깨보다 비싼데 토종 유기농은 더 비싸거든요? 흔히 파는 버섯 들깨탕 1킬로그램에 8천원, 토종 유기농 들깨탕 1킬로그램에 19,500원…. 편하게 먹을 수 있는

---

21 사회적 기업 가배울(gabaewul.com)은 믿을 수 있는 토종재료로 만든 건강 먹거리를 판매하며, 토종을 전수하기 위해 다양한 문화기획사업을 한다.

홍성의 직거래 농장을 방문했을 때

직거래 청년 농부로부터 받은 꽃

○유명 백화점 지하 푸드코트와 비교해보세요. 토종 유기농만을 고집하는 언니도 비싸다고 하면 누가 오겠어요?"

철학을 요리하고 싶은 천년식향은, 어떤 판매 전략을 세워야 할까? 유기농, 토종, 비건이 살아남기 위해서 사람들이 그것들을 비싸도 자주 소비해 주면 좋겠지만, 절대적으로 돈이 없는 사람들에게는 무리라는 사실은 이해한다. 지구와 본인의 건강을 위해 유기농 경작물을 고집하는 사람들이 주변에 많지만, 그들 주머니 사정으로는 '천년식향'에 와서 채소의 사치를 누리기는 쉽지 않다. 하지만 그분들이라고 미각의 쾌락에 돈을 아예 쓰지 않는 건 아니다. 음식값을 아낀다며 '가성비' 있는 맛집을 찾아다닌다. 좋은 재료를 추구한다는 사람들조차 그렇다!

○○여성들 모임에서 한국이 좋은 이유가, 음식점 팁도 없고 맛있고 가격까지 착하다는 의견에 사람들이 동의하는 광경을 보며 나도 모르게 버럭 소리 지르고 말았다. 여성 노동, 농사의 가치를 알아주지 않는 세상을 비판하는 당신들이 이렇게 말하면 안 된다고. 거의 울부짖듯이 성토했다. 엄마 노동이 사랑의 노동이라는 것에 많은 비판을 가했던 사람들이 그런 대화를 하니 참을 수 없었던 것이다. '착한' 가격을 위해 누가 희생되고 있는지, 정말 그들이 그것을 모르고 있을 리는 없었으니까.

천년식향에서 '가성비'의 대안으로 시도하는 방식 하나는 '물물교환'이다. 노지에서 허브를 키우는 청년 농부 다님이 직접 재배한 허브를 가지고 서울에 오면 천년식향은 와인 페어링을 대접한다. 서로가 서로에

LA 파머스 마켓을 방문한 엉뚱 모녀

게 고맙다. 서로가 각자 귀하게 만든 것임을 알기 때문이다. 우리는 검은 콩을 재배하는 분과도, 다른 친환경 야채를 재배하는 또 다른 분과도 같은 관계다. 앞으로 더 많은 물물교환기관을 탐색할 것이다.

《한 미식가의 자본주의 가이드》[22]를 쓴 에릭 홀트도 물물교환의 가치를 이야기한다. 우연히 이 책을 읽게 된 난 무척 반가웠다. 그는 유기농이 비싼 이유를 설명하며, 물물교환만이 자본주의 경제시스템을 균열시킬 수 있는 하나의 방법이라고 주장한다. 단 세금을 내지 않으니 탈세

---

22 에릭 홀트-히메네스, 박형식 역, 《한 미식가의 자본주의 가이드 : 우리가 먹는 것의 정치경제학 이해하기》, 한울아카데미, 2019.

파머스 마켓의 알록달록 채소들. 보라색은 당근이고, 주황색은 비트다.

가 되지는 않을지, 아니면 자가소비로 받아들여질지, 세금 공부는 더 해보아야겠지만. 재료도 음식도 박리다매가 아니면 버티기 어려운 소상공인 처지에서 물물교환의 상호 환대란 여전히 매력적이다. 적어도 좋은 재료의 순환에는 확실히 도움이 된다.

소량 생산품의 직거래, 그리고 청년들의 열정과 주변 사람들의 응원 역시 즐거운 마음으로 식탁에 올릴 수 있는 사회적 가치다. 만약 이렇게 유지만 된다면, 신기한 채소 매력을 보여주는 하얀색 가지, 보라색 당근도 곧 만나볼 수 있을 것 같다. 채소 요리로 유명한 미슐랭 3스타 알란

LA에서 만난 발효의 대가, 파스칼의 농장 풍경. 오른쪽 아래 남자가 파스칼이다.

파스칼이 만든 접시

파사드(@alain_passard)나 발효 연구가 파스칼(@pascalbaudar)[23]처럼, 언젠가는 이곳에 등장하는 모든 채소들을 작은 유기농 농장에 100% 의존하고 싶다.

파스칼이 보여주듯, 채소는 예술이다. 농부의 철학과 자연의 에너지가 녹아있는 이것이야말로 과분한 사치가 아닐지! 채소의 사치를 누리게 해주신 농부님, 손님들 그리고 자연에게 감사한다. 앞으로도 귀한 채소들과 더 자주 만날 수 있기를 기도한다.

다음은 농부에게 물물교환으로 직접 받는, 산지직송 유기농 채소들이 소중한 이유이다.

1. 비닐하우스를 전혀 사용하지 않습니다. 온도와 습도를 인공으로 조절하지 않기에 당연히 환경에 좋습니다.
2. 농약, 비료를 전혀 사용하지 않는 노지 자연재배 유기농 농법을 씁니다. 건강에 당연히 좋겠지요!
3. 유통과정을 거치지 않고 산지직송으로 받아 향, 맛 그리고 신선함이 살아 있습니다.
4. 청년 두 분 @_greenmoon @wanipedia 이 서울 생활을 하다, 환경을 생각하여 귀농을 결정하고, 지금은 자급자족을 하며 살아가고 있습니니

---

23 작년 미국에 갔을 때 파스칼을 만났다. LA 도심에서 차로 1시간 넘어 위치한 그곳은 사막지대의 외딴 집 한 채와 농장으로 이루어져 있었다. 혼자서 채소와 요리를 연구하며 집필활동을 병행하는 파스칼은 그가 만든 다양한 발효음식을 대접하며 환대했다. 우리는 자연과 함께 자라는 채소를 먹고 야산의 귀한 풀들과 만나며 자유롭게 크는 소와 양들과 놀았다.

파스칼이 만든 내추럴 사이다

산에서 따온 별꽃 야생초로 만든 착즙 주스

다. 밀레니얼 세대의 청년 농부를 응원해주세요.

5. 농부와의 직거래는 자본주의 시장에서 버려지는 아름다운 꽃과 허브들을 받을 수 있습니다. 딜꽃, 당근잎과 당근꽃, 박하 등은 버려지기에는 맛있고 아름다워요!
6. 약초로 쓰이지만, 마트에서는 살 수 없는 들나물, 산나물을 만납니다. 레몬맛을 가지고 있는 괭이밥, 사랑초, 쇠비름 등이 있습니다 ♣

4. 엄마여자들이 와인바에 오지 않는 이유

1. 엄마여자는 밤에 돌아다니지 않는다
2. 엄마여자가 술 마시는 것은 외람되다
3. 엄마여자는 자신을 위해 돈을 쓰지 않는다
4. 엄마여자는 아이 남편이 없는, 가성비 좋은 낮에 친구와 만난다
5. 엄마여자는 밤에 할 일이 많다
6. 엄마여자는 유일한 낙인 본방 드라마를 봐야 한다

앞서와 같은 편견을 깨는 엄마여자(중년여성)들의 작은 동창회가 처빌룸에서 열렸다. 룸 안에서라서인지 까르르 웃는 소리도, 시끄러운 소리도 밖으로 새어나오지 않았다. 거의 11시까지 놀다 가면서 나에게 말했다.

1. 비건이라 하지 마세요, 그냥 배우고 싶은 음식 그 자체!
2. 와인바? 처음 와봤는데 와인은 문화!
3. 남편 아이 없이 이렇게 밤늦게까지 놀다 가니 너무 편안!

건두부로 만든 '빨래하는 엄마'. 집안일 하느라 와인바를 못 가는 엄마를 생각하며 만든 와인바 메뉴다.

이구동성으로 또 8시 이후 한여름밤의 와인바를 제안하고 나갔다. 8시 이후인 이유는 식사부터 먹으면 맛난 와인을 못 먹는다고 김밥으로 배를 채우고 온단다….(얇은 지갑 ㅠ) 물론 남편 아이 밥 챙겨놓고 와야 실컷 놀 수 있다는 웃픈 현실을 생각하니 슬프다.

천년식향에 함께 왔을 때, 가장 행복해하는 사람은 누구일까? 아니 가장 데리고 오고 싶은 사람이 누구일까? 놀랍게도 애인이 아니라 엄마란다. 그래서인지 천년식향 오시는 손님의 세 커플 중 한 커플은 모녀이다. 언제가 절대로 술 안 마시겠다는 엄마에게 '걱정 마, 내가 다 마시고 남으면 가지고 갈께. 엄마 딱 한 잔만 하셔' 하는 정다운 모녀 커플이 있었다. 결과는 놀랍게도 순삭! 한병의 와인이 사라졌다.

홍조를 띤 어머님께 여쭸다.

"집에 가시고 가신다니 다 드셨네요?"

"너무 맛있네요. 내 생애에서 와인 한 병을 다 마시다니 그것도 딸과…. 와인도 맛있지만 딸과 마시니 정말 행복하네요."

엄마와 같이 와인을 마신 딸 역시 행복해했다. 결국 모녀는 와인 한 병 더 사고 팔짱 끼고 나갔다. 이처럼 가격에 깜놀하고, 와인 못 먹는다며 저항하시지만, 와인 페어링시 가장 먼저 맛있게 드시는 분도 엄마이다. 당연하다. 엄마는 요리와 와인의 마리아주를 가장 잘 이해하는 분, 음식 만드는 과정을 가장 잘 아는 요리 전문가이기 때문이다.

동시에 욕망을 숨기는데 너무 익숙하고, 하고 싶은 모든 것을 양보하는 사람도 엄마이다. 엄마가 나물을 좋아해서, 천년식향 같은 분위기를 좋아해서, 내추럴 와인을 소개하고 싶어서, 이것도 천년식향에 오는 이유가 되겠지만 엄마를 데려오는 가장 큰 이유는 '엄마'라는 이름으로 합리화된 희생, 그리고 그녀의 숨은 욕망을 알고 있는 자식이 엄마에게 특별한 경험을 주고 싶어서라고 이야기한다.

"오길 참 잘했다. 고맙다"며 활짝 웃는, 친구 같은 모녀를 보며 참 훈훈하다. 그 마음을 응원하며 이번 여름에도, 내추럴 와인 데이트를 하시는 애인 같은 모녀/모자 커플께 '라벤더 아이스크림'을 선물하고 싶다. 아름다운 와인 뒤에, 강아지 안고 오는 사랑스러운 엄마를 위한 천년식향이 되고 싶다.

만약 엄마와 와인바에 가본 적이 없었다면 이번 여름에 팔짱 끼고 와인바에 가보기를 추천한다. 특히 천년식향은 모녀를 위한 맛있는 와인 컬렉션이 있다. 단 아직까지 아빠와 딸 커플은 거의 없다. 꼰대 아빠와 대화를 시도하고 싶다면 아빠와도 와인 데이트를 해보라. 아빠들이 좋아하는 와인를 마시며 남자들에게 대해 물어라! 남자들이 술 먹는 이유에 대해!

천년식향 tmi

천년식향은

목금토욜 한여름밤의 와인바를 시작합니다

미리 연락주면 금상첨화!

8시-10시 45분

엄마여자들에게 약간의 기본 안주는 덤

5. 좋은 거 마시려고 내추럴 와인 수입 전문가가 되다

지인들이 놀란다. 내 나이에 전혀 다른 영역의 일을 하는 것도 놀라운데 주류 수입사를 설립해서 와인을 수입한다니 더 놀란다. "왜 와인?" "그것도 왜 수입사?" "돈 많이 벌어?" "머리 안 아파?" 돈 못 번다고 하면 정말 의아해한다. 사람들의 물음에, 주류 수입사는 이제까지 명품가방, 화장품, 피부마사지 없이 50년 이상을 살아온 나에 대한 선물이라는 말도 되지 않는 이유를 댄다. 말이 안 된다는 건 잘 알지만 어쨌든 이유는 있어야 하니까. 물론 와인이 내 중요한 버킷리스트 중 하나인 것은 사실이다.

와인 수입과정을 모르는 사람은 한국에서 와인이 원가보다 비싸다고 욕하지만, 1년의 경험을 해보니 적어도 내가 수입하는 와인은 비싸게 매긴 가격이 아니다. 솔직히 이윤을 내지 못하는, 와인수입업체를 왜 나는 운영하고 있는 건지, 잠자다가 '이불킥'이다. 와인이 재미있고 행복해서 '이불킥'할 때도 있지만 너무 답답해서도 '이불킥'이다.

행정사 도움 없이 최소한의 비용으로 블로그를 뒤지며 그동안 쌓았던 법문해력, 국세청이며 관세청을 괴롭혀서 얻은 정보력으로 창업을 진행하며 나를 온전히 집중시킬 수 있었던 과정은 나름대로 행복했다. 하지만 그 행복은 새로운 와인을 접할 때의 행복감과 비교하면 오히려 사소한 것이 된다.

창업 과정에서 행정체계의 모순도 많이 알게 되었다. 골치아픈 일도 많이 일어난다. 원고를 정리하는 지금도 '엘더 플라워'라는 아주 맛있는 와인 폐기 여부를 놓고 전화가 빗발치고 있다. 알코올 함량은 낮으면서도 너무 매혹적인 맛이라 수입했는데 큰일이다. 만약 이 와인이 폐기되면 경제적, 환경적 손실은 엄청나다.

5도로 표기되어 수입된 그 와인은 테스트 결과 알코올 도수가 1.9도라는 이유로 '부적합'으로 판정받아 정정 스티커를 부착할 수도 없고 전량 폐기해야 한다는 것이 행정당국의 의견이다. 법이 그렇다니 따라야겠지만 참 합리적이지 않다. 더 공부하여 이의신청을 해야 하는지 이 글을 쓰며 생각 중이다. 이처럼 골치 아픈 이유도 있지만, 와인 수입은 그래도 즐거운 '이불킥'이다. 한국에는 이제까지 없었던, 정말 맛난 내추럴 와인을 내가 마음껏 먹을 수 있는 다시없는 기회니까.

사실 와인이 이제 대중화되었다는 한국에서도 내추럴 와인[24]하면 아직은 사람들에게 익숙하지 않다. 어떤 손님은 분명 사전에 외부 와인은 안 된다고 답변했는데도 내추럴 와인을 먹을 수 없다는 이유를 대며

24 내추럴 와인의 가치는 《내추럴 와인》(이자벨 르쥬롱, 서지희 옮김, 한스미디어, 2018.)을 참고

컨벤셔널 와인[25]을 들고 온다. 내추럴은 꿉꿉하고 자신의 취향이 아니라고 하면, 순간 나의 마음도 흔들린다. 모른 척 눈감아야 하나, 그러나 옆 손님의 시선이 느껴지는 탓에 거절할 결심을 한다. 결국 그 손님은 나가면서 비수를 던졌다. '음식이야 가게 마음이지만 와인은 손님 뜻을 존중해야 한다'. 이후 SNS 어디에선가 '어르신'의 고집이 불쾌했다는 의견을 본다.

어르신 고집이라고 비판해도 나는 나만의 이유로, 고기를 팔지 않듯, 내추럴을 고집하고 싶다.[26]이유는 단순하다. 풍성한 포도 그 자체의 과실미가 음식의 맛을 업그레이드하기 때문이다. 다른 요리도 마찬가지이겠지만 천년식향 요리는 특히 내추럴 와인과 함께 먹으면 '가장' 맛있다. 와인의 과실미와 채소 요리는 잘 어울린다. 알코올 13도도 주스 같다. 언제가 게부르츠트라미너 컨벤셔널 와인을 마셨는데(그것도 미슐랭 3스타에서), 같은 품종(게부르츠트라미너)의 내추럴 와인과 너무 달랐다. 게부르츠의 생명인 과실미가 내추럴 와인에는 정말 살아 있다. 알도 솜(@aldosohm)은 내추럴 와인 전문가는 아니고, 컨벤셔널을 더 인정(?)

---

25 컨벤셔널 와인이 와인 업계의 공통어인지는 모르겠다. 관습적으로 내추럴 와인의 상대어로 쓰이고 있다. 특정 분야의 전문성을 띠는 대규모 모임이나 전시회 등의 영단어가 컨벤션(convention)이니 이제까지 통상적으로 알려진 관습적 와인을 컨벤셔널 와인이라 부르는 듯하다. 반면 화학적 개입이 없이 새롭게 등장한 와인 업계의 이단아, 비정형적인 자연적 와인을 내추럴 와인이라고 부른다.

26 천년식향은 마리아주로 내추럴 와인을 권해 왔고, 여러 시행착오 끝에 팝업 행사가 아닌 한 이제는 음료 필수가 되었다(그래서 미슐랭에는 도전할 수 없다). 물론 절대로 술을 못 또는 안 드시는 분들을 위해 착즙 주스를 만들기도 했다. 그런데 착즙 주스 만들기는 해 보니 보통 일이 아니었다. 결국 린은 과일과 허브를 4개월 발효하여 무알코올 칵테일을 만들었다. 와인과 같이 마실 때 린의 요리가 가장 맛있을지라도, 와인을 못 마시는 손님을 위해서는 다른 선택지가 필요했다.

한국에서는 아직 익숙하지 않은 내추럴 와인. 그러나 뉴욕의 내추럴 와인 페어는 이렇게 바글바글하다.

와인 페어에서 골라 온 내추럴 와인들

하는 세계적인 소믈리에인데도 불구하고, 이 내추럴의 이 과실미라는 지점은 인정했다. 취향의 차이는 있겠지만, 꼭 마셔보고 느껴보기를 권한다.

사실 내추럴과 '컨벤' 와인 맛은 서로 너무 달라, 포도 품종으로는 맛을 예측하기 어렵다. 그 다양성이 너무 재미있고, 신기하고, 때로는 놀랍다. 그래서 천년식향은 포도 품종으로 와인을 설명하기보다, 열대과일/미네랄 등의 항목이 적힌 테이스팅 노트를 제시한다. 생각보다 알코올 맛이 안나고, 숙취가 없으며, 칵테일보다 더 과실미가 풍성하며, 콤부차보다 더 오래 숙성된 깊은 맛, 그 중심으로 설명한다. 그렇지만 마셔보지 않고는 역시 이해할 수 없다.

또 내가 와인을 권하는 이유는, 내추럴 와인을 만드는 과정이 천년식향이 추구하는 바와 비슷하기 때문이다. 불완전함의 완전함, 그것에서 나오는 다양성의 묘미라고 할까? 와인전문가 알도 솜은 "내추럴 와인 보틀에 들어가는 것은 살아 있고, 오염되지 않은 생명체이다. 그 불완전함이 바로 내추럴 와인의 완벽함이다."[27]라고 설명한다. 물론 컨벤셔널 와인의 논리에 따르면 이러한 다름이 '불완전'하다고 느낄 수도 있다. 그러나 포도 그 자체의 풍미, 그리고 다양한 맛과 구조는 정말 매력적이다. 그래서 많은 내추럴 와인을 '쥬시(juicy)' 하다고 표현하기도 한다. 포도 그 자체의 과실미가 알콜 향보다 더 강하여, 투명한 알콜 음료를 먹

---

27 "What goes in the bottle is considered a living, untainted organism, perfect in its imperfections". Aldo Sohm, Christine Muhlke, Wine, Simple : A Totally Approachable Guide from a World-Class Sommelier, Clarkson Potter, 2019.

는 느낌이라기보다, 프레시하게 착즙한 포도즙을 발효한 느낌이기 때문이다. 하지만, 동시에 클래식한 내추럴 와인의 종류도 정말 많다. 과실미가 알콜 향을 덮을 정도로 강할 수도 있지만, 굉장히 술 같이(?) 클래식한 내추럴 와인도 있다!

술 같지 않아 무조건 "내추럴 싫어요"하는 사람이 많지만, 내추럴 와인에 대한 한국인의 또 다른 편견은 쿰쿰함이다. 지하실 냄새 같다는 얘기도 있다. 어떤 내추럴 와인은 쿰쿰한 향을 넘어 동치미 같다는 말도 들었다. 그래서 되도록 한국 사람이 좋아하지 않는 쿰쿰한 맛은 지양하여 수입하고 있다. 물론 개인적으로도 '쿰쿰'은 취향이 아니어서, 그 마음을 이해한다. 그럼에도 그 이미지가 너무 깊게 뿌리박혀 내추럴 와인을 시도하지 않는다면 안타까운 일이다. 너무나도 맛있으면서 쿰쿰하지 않은 내추럴 와인도 많기 때문이다. 쥬시할 수도, 클래식할 수도 있는, 그 불완전함으로 완전한, 살아 숨쉬는 내추럴 와인의 다양성을 느끼기를 기대한다.

한편 와인을 권하면서 손님들이 생각보다 '새로운 것'의 선택을 꺼리는 것을 발견했다. 부담스러운 비용으로 안전한 것을 먹고자 하는 그 마음은 이해하지만 안전한 것만 추구한다면 삶이 너무 재미없지 않을까! 정말 특별한 경험을 하러 천년식향에 왔다면 평소 먹지 않았던 와인을 먹는 즐거움을 누리면 좋겠다. 당신의 도전적 모험을 응원한다. 새로운 도전을 위해 내가 와인을 직접 수입하고 말았던 것처럼. 어르신 고집이라도 좋다. 이래서 내가 꼰대인가?

천년식향 tmi

내추럴 와인은 다음을 하지 않습니다.*

- 인공적인 맛과 향을 내기 위한 인스턴트 효모
- 인스턴트 박테리아, 인스턴트 효소, 인스턴트 유기체
- 착색제(ex. Mega purple, Tartrazine E102, or Sunset Yellow E110)
- 방부제, 증점제, 안정제, 향미물질
- 산, 설탕, 과일주스, 과일 추출물 첨가
- 물 첨가, 우드 칩, 인공 탄닌, 티백 타입 물질
- 포도에 농약, 살충제, 제초제, 살균제, 오염물질
- 와인 온도를 올리거나 낮추기, 와인 거르기
- 청화나 정제를 위한 제품 첨가, 아황산염 첨가, 그 외 물질 첨가
- 역삼투압, 회전 원뿔 사용, Micro-Oxygenation
- 냉동추출 사용, 멸균 여과법 사용, 불필요한 terroir-masking 조정

* 모든 내추럴 와인에게 해당되는 내용은 아니나, 천년식향이 수입한 와인 후면에 부착된 스티커 내용을 번역 소개한다.

6. 와인 팔려는 수작(手作)?

밤 8시 10분 전화가 울린다. 혼자 가도 되는지 묻는다. 월~목요일은 퍼스널 예약제라 코스나 페어링의 가격은 부담된다. 그러나 주방 마감 9시 전에는 꼭 도착한다는 절박한 목소리에, 하프 바틀을 드실 수 있는지 물었다. 주방이 마감될 수 있다 하니 손님은 선주문도 했다.

결국 9시 전에 도착한 손님은, 비건인데 스테이크가 먹고 싶어서 거의 1시간을 대중교통으로 왔단다. 그러나 사전 고지했음에도 와인이나 무알콜 칵테일 음료가 필수인 것에 손님은 정말 '깜놀'했다. 본인은 학생이라서 돈이 없다는 것이다. 한 시간 걸려서 온 손님을 돌려보낼 수도 없고 해서, 한 잔만 먹으라고 했다. 바틀을 드신 손님은 이 글을 보면 원칙이 없다고 나를 비난할 것이다.

손님은 2가지 요리를 정말 10분 만에 다 먹고 일어났다. 와인과 먹으면 맛있다 하니 두 모금쯤 마시는 듯했다. 정말 맛있는 와인이었지만 거의 남겼다. 천천히 인터넷 하며 마감 시간까지 놀다 가라 해도, 간다고

조금씩 마시다 보니 신세계였다, 이것이. 제로 웨이스트 잔에 담긴 내추럴 와인.

옷을 입는다. 그냥 가는 것은 서운하여 무알콜 칵테일 한 잔을 드릴터니 마시고 가라고 했다. 고민하던 그 손님은 칵테일도 단숨에 마시고 들어 온 지 25분 만에 가게를 나갔다.

돈이 없다는 학생 손님에게 요리 2가지와 내추럴 와인 한 잔, (서비스로 칵테일 한 잔 주었지만) 10만 원은 너무 큰 돈이다. 그래도 시간이라도 쓰고 갔으면, 와인이라도 맛있게 먹고 갔으면 마음이 쓰리지 않았을 터인데 결국 가버려서 그날 밤에는 정말 마음이 좋지 않았다. 물론 그 손님의 10만 원을 내가 걱정할 이유는 없다. 올 만하니 온 것이고 맛있게 먹었으면 그것으로 만족이다. 더 걱정은 나의 오지랖일 수 있다. 그러나 말없이 나간 이 손님 역시 와인에 돈을 쓰고 싶어하지 않는다는 것을 느낀다.

"한 잔에 2,900원도 있는데 잔에 17,000원이 말이 되나요?"

"왜 콜라가 아니라 와인인가요? 와인 못 먹어요."

채소 요리에 굳이 와인…. 수많은 손님들이 아우성이다. 술 옆도 안 가는 금욕, 금주주의자는 당연히 반대한다. 나 역시 린이 '와인 필수'를 이야기했을 때 처음에 반대했다. 술을 좋아하지만 음식점의 술값은 비싸다는 단순한 생각, 그리고 먹기 싫을 수도 있는데 먹어야 한다는 것은, 개인의 자유를 구속한다는 약간의 '심통'이었다. 또 술은 사치라는 생각이 있었다. 린 역시 한동안은 풀떼기만 먹어야 하는 사람으로서 술은 사치라고 생각했단다.

그리고 가게에 오는 젊은 친구들이 어떻게 한 끼 밥값으로 와인을 마시겠는가? 그들에게는 와인이 절대적인 사치로 비칠 수밖에 없다. 단 둘이서 3개 요리를 먹지 말고 2개 요리와 와인을 마시면 좋다는 건 셰프 생각이고, 그들은 늘 와인 대신 음식 쪽에 마음이 쏠린다. 와인 한 잔을 여러 명이 조금씩 맛을 보거나 아예 글라스를 당당하게 요청하는 일도 자주 발생했다. 와인 또는 음료 필수 정책으로 전환하는 것에 실로 고민이 많았지만, 결국 실행하기로 했다.

어떤 손님은 메뉴 주문시 '음료도 꼭 주문'이라는 말에 깜짝 놀란다. 물 말고는 밥 먹을 때 음료를 먹어본 적이 없다고 말한다. 항의하는 손님, 심지어 기분 나쁘다고 나가는 손님도 있었다. 친한 지인들조차 음료에 돈을 쓰기는 꺼려한다. 돌이켜 보면 나 역시 음료 소비를 아까워했던 적이 있었다. 멋진 곳, 아름다운 음식, 거기에 나를 위한 음료까지 먹는다는 것에 대한 죄의식 때문일까. 아마 자라온 환경의 영향이기도 할 것이다.

과거 나의 엄마는 음식을 사줄 때 음료를 사주지 않았다. 생존(?)을 위해 굳이 안 먹어도 되는 '음료'라서일까? 그렇다기엔 우리 집에는 항상 박스로 주문하는 콜라가 있었다. 그렇다면 음식점에서만 비싸서 안 사주셨던 것일까(88세 나의 엄마는 그 당시 상황을 기억하지 못하신다). 나 역시 내 아이들에게 탄산음료를 사주지 않았다. 한동안 나오던, 콜라가 몸에 안 좋다는 뉴스 영향 때문인지, 엄마의 영향 때문인지 모르겠다.

사치의 다른 말은 필요 이상, '굳이', 즉 낭비라는 의미를 갖고 있다. 맛도 없고 마시기만 하면 속도 뒤집어지는 술을 왜 마시는지, 소주, 맥

로제만이 핑크색이 아니다. 오렌지 와인의 스펙트럼.

주 등 인생을 통틀어 술을 마신 적이 다섯 손가락 안에 들 정도였던 린은 2년 전 어느 날, 내추럴 와인을 처음 마시고 와서 나에게 물었다.

> "엄마! 내추럴 와인 알아? 오렌지 와인 너무 맛있다. 취하지 않네. 아니 취했는데 머리가 안 아파!"

나는 그 당시 내추럴 와인을 처음 들었으며 모든 와인이 내추럴인데 굳이 내추럴 와인이라고 명명하는 것이 신기했다. 평소 나는 그런 것들이 청담 와인바의 '상술'이라고 생각할 정도로 와인에 대해 선입견이 있었다. 걷다 보면 보이는 와인 샵 또는 특판 세일시 사거나, 가끔 해외여행 가면 1인 1병으로 사 오는 정도로만 마셨다. 오히려 독한 보드카나 소주가 내 술 취향이었다.

그러나 린이 와인바를 다니며 남는 와인을 집에 가지고 오면 그것은 당연히 내 차지. 조금씩 마시다 보니 이것이 신세계였다. 맛있었다. 이름도, 생산지도, 포도 종류도, 어떤 정보도 없이 마시는 와인의 매력. 마치 미지의 세계로의 탐험 같았다. 한편 린 역시 '술을 좋아하지 않는 것이 아니라 좋아하는 술을 못 찾은 거구나…!' 하면서 정말 열심히 와인바를 다녔다. 술도 못 하던 딸이 거의 매일 술 마시고 12시 넘어 들어오니 나 역시 잠을 자지 못했다. 게다가 그나마 버는 돈은 다 와인바와 음식점에 바치니 옆에서 보는 부모 입장에서는 정말 불안하기 짝이 없는 일이었건만, 린은 '일'이라고 당당했다.

한 와인바에서 내추럴이 아닌, 유명하다는 컨벤셔널 와인을 마시고 숙취로 3일 동안 힘들어하고는, '역시 술이랑 안 맞아….' 하고 생각하면서 린은 금주를 개시한 적도 있었다. 결국 내추럴 와인을 다시 접하면서 행복한 일상으로 돌아갔지만. 알코올 분해를 잘하는 나는 컨벤셔널 와인이나 내추럴 와인이나 별 차이가 없다고 생각했는데, 린의 몸은 내추럴이 아닌 경우 즉각적으로 반응했다. 돈과 시간, 그리고 경험을 투자하며 다양한 와인을 마시게 된 결과, 린은 본인이 소화할 수 있는 술은 내추럴 와인 한 병이라는 사실을 알게 되었다. 그걸 보고 나 역시 내추럴과 컨벤셔널 와인 블라인드 테스트 후 다음 날 몸의 상태를 관찰했다. 역시 달랐다. 내추럴 쪽이 머리가 안 아프고 소화가 잘되었다. 기분이 좋은 것은 덤이었고 말이다.

손님들은 내추럴 와인이 무엇이냐고, 비싸다고 하면서 사치가 아니냐고 묻는다. 오죽했으면 와인 페어링은 '와인 팔려는 수작?!'이 아닌지 의심스럽다며 어느 블로그에도 올라왔다. 세트 메뉴가 더 가성비가 있음에도 단품주문으로 더 많은 비용을 내는 손님에게 그 이유를 물어보면 세트는 '음료를 팔기 위해 양을 적게 할 것' 같다는 충격적인 발언도 내놓았다. 손님이 말하는 것처럼, 와인 필수가 와인을 팔려는 수작(手作)일까?

천년식향 tmi

천년식향은 수익 창출의 목적이 아닌, 채식의 편견을 깨는 경험을 선사해드리기 위해 오픈한 곳으로, 진심을 다해 고군분투하고 있어요. 그래서 당연히 부족한 부분 성찰하며 개선하려고 노력 중이랍니다. 혹시나 그 어떠한 긍정적인 또는 부정적인 피드백을 주시고 싶으시다면 식사 중에라도 꼭 서버에게 말씀 부탁드려요 ♥최대한 빨리 더 좋은 경험을 드리기 위해 노력할게요!

7. 음식이 꼭 연료만은 아니다

갑자기 캐나다 음식점들의 '요리 필수'라는 문구를 처음 만났을 때의 낯섦이 떠오른다. 그곳에서는 음식 없이 알코올만 먹는 사람들을 겨냥해 음식 주문이 필수였다. 아직 한국은 요리 필수든 음료 필수든 둘 다 익숙하지 않다. 몇 군데 다이닝에서 음료 필수를 하지만 와인바가 아닌 이상 저항도 크다. 그러나 한국인들도 기름진 음식을 먹을 때면 꼭 음료 필수라고 적어놓지만 않았을지언정 그냥 음식만 먹는 사람들은 아니었다. 숯불 고기를 먹을 때면 어른들은 소주나 맥주, 아이들은 콜라나 사이다를 마셨다. 피자를 먹을 때도 마찬가지다. 아이들은 탄산을, 나는 커피나 와인을 고른다.

인스턴트 커피도 혁신적일 때가 있었지만 지금은 드립 커피만 먹는 매니아도 많은 시대다. 과거보다 음료 종류도 다양해졌고 고급 음료에 대한 수요 또한 확실히 늘고 있다. 그래서인지 음식과 음료의 마

유기농 찹쌀로 만든 최고급 해창 막걸리, 18도인데도 정말 맛있는 요구르트 맛이 난다.

리아주[28]를 느끼는 사람들이 많아지고 있다. 피자에는 콜라, 디저트는 커피랑 먹는 것이 이제 모두에게 당연하다. 그렇다면 채식 요리를 맛있게 먹기 위한 마리아주도 중요한 트렌드가 될 것이라는 예측 역시 당연하다.

와인과의 마리아주를 고려한 음식은, 와인과 같이 먹을 때 당연히 가장 맛있고 행복하다. 와인 대신 요리 하나 더 먹겠다고 생각할 수 있지만, 맛을 위해 천년식향을 오는 것이라면 나는 결국 와인을 권할 수밖에 없다.

린은 가끔 동물성 치즈와 버터 생크림을 사용하고 싶다고 한다. 정말로 간단하게, 맛있게 요리할 수 있단다. 비건 셰프가 지속가능하지 않은 이유 하나는 비건은 맛있게 하기가 정말 힘들어서라고 걱정하면서 말이다. 물론 한정된 재료 안에서의 채식 개발의 한계를 느끼면서도 린은 맛있게 하려고 정말 애를 쓴다. 예를 들어 재료를 구우면서 불향과 오크향을 담으려는 과정은 유기농 설탕으로 마이야르 반응을 일으켜야 한다. 갓 구워 내놓은 이 요리는 달거나 자극적이라 느껴지기도 한다.

하지만 와인을 같이 마시면 이 불만이 없어진다. 요리사인 린에게, '와인 필수'는 음식을 맛있게 먹기 위한 수작(手作)이다. 그리고 나 역시 달고 짜다는 피드백을 듣다 보면 요리사가 추천하는 조합이라는 '수작'

---

28 마리아주(mariage)는 음식과 먹는 음료/와인의 궁합을 의미하는 프랑스어다. 사람마다 음식과 음료 궁합은 다르지만, 모든 이들을 위한 마리아주의 보편적 지향점은 존재한다. 적어도 요리를 만든 셰프가 자신의 요리를 더 맛있게 먹기 위해 권하는 음료는 있을 수 있다. 그 선택을 따르면 높은 확률로 맛있다.

을 부리지 않을 수 없다.

나는 과거에는 무엇에 그리 골몰했는지, 아이들 어릴 때는 주말마다 외식하며 시간을 벌었고 요리 시간도 너무 아까워했다. '생명 유지가 가능하다면 알약만으로 살겠다'가 모토였다. 또 부끄럽게도 인스턴트, 외식 그리고 고기 굽기 등 생존을 위한 연료로서 식생활의 편리성만 찾았다. 먹을 때도 딴생각이 많았다. 라면 스프를 냄비가 아니라 쓰레기통에 뿌리는 건 예사였던 사람이라, 딸이 음식을 가지고 무슨 일을 하는지 전혀 관심이 없었다. 이런 엄마를 타산지석으로 삼아 린이 어려서부터 요리에 흥미가 많았는지도 모르겠다.

그랬던 내가 음식에 관심이 생긴 것이다. 음식과 음료, 또는 음식과 와인의 마리아주의 경험에 감사할 여유가 생긴 것일까? 과거 내가 어떻게 그렇게 살았는지 이해할 수 없다. 한편으로는 정말 반성한다. 지금은 특별한 날이 아니어도, 특별한 음식을 먹는다. 영화 보기나 음악회 가는 것처럼 미식도 중요한 나의 문화 생활이 되었다. 와인 역시 소화를 돕기 위해 조금씩 마셨을 뿐이지만, 지금은 내가 먹는 음식의 느끼함이나 단맛 짠맛 쓴맛을 조화롭게 해주는 필수적인 선택이 되었다. 그 신세계에 발을 담근다는 것은, 새로운 미식으로의 경험의 확장은 물론 음식에 비친 사회 문화적 트렌드에 대한 호기심을 의미하기도 한다.

요즘 우아하게 '소식'하며 채식으로 가치 소비의 즐거움을 찾다 보니 그 음식이 어디서 어떻게 만들어졌는지 살핀다. 조금씩이지만 다채로운 음식, 그리고 음료 또는 와인을 조화롭게 맛보는 미식 경험에 감사한다. 특히 음식이 나에게 오기까지의 모든 과정에 감사하며 그 시간을 기다릴 줄 아는 여유도 갖게 됐다. 급하지 않다.

맛과 기호는 그 사회의 문화적 맥락과 사람들의 습관들 위에서 유동적으로 출렁이고 있다. 만약 다음과 같은 음식 교육을 어릴 때부터 받는다면 어떻게 될까.

> '음식'이란 단순히 기계적인 레시피의 반복이 아니다. 농부의 땅이나 야생에서 재배된 자원이 농부와의 관계 속의 구매와 섬세한 요리 과정을 거쳐 우리의 식탁에 오르는 총체적인 과정이다. '팜 투 테이블', 즉 '농장에서 식탁까지'의 개척자 댄 바버는 《제3의 식탁》[29]에서 식재료가 생장하는 환경이 곧 우리 몸을 구성하고 진정한 음식의 풍미를 낸다고 주장한다. 반대로 소비자가 그 과정을 제대로 알고 있지 못한다면 (혹은 그러지 못하는 현대 사회의 시스템 안에서는) 안타깝게도 그 음식의 고귀함은 죽는다.

천년식향 tmi

2022년 4월 미국의 미슐랭 가이드부터 3스타까지 방문하면서 격식(fine dining)의 의미를 새로 배웠다. 영화에서나 볼 수 있는 3스타의 화려한 격식도 느꼈지만, 뉴욕의 미슐랭 2스타는 팜투테이블로 모든 재료를 소진한다. 소 한 마리까지 어

29 댄 바버, 임현경 역, 글항아리, 2016.

느 부위를 어디까지 소중하게 쓰는지 하나도 버리지 않는다는 투어를 2시간 한 이후 테이블로 이동하는 식사 자리였다. 소기름으로 초를 만들어 녹아 나오는 초의 기름(촛농)을 샐러드 오일로 사용하여 즉석에서 샐러드를 만들어 먹는 경험은 정말로 놀라웠다. 또 나는 고기를 안 먹어 생선을 선택했지만 고기를 선택한 상대방의 고기는 정말 0.5센티X4센티 직사각형 모양 2쪽이었다. 비건이 아니라도 팜투테이블의 적게 먹는 소식도 대안일 수 있음을 깨닫는 시간이었다. 물론 설명 투어도, 음악도, 분위기도, 내가 좋아하는 자유로움이 얼마나 우아한 격식이 될 수 있는지를 배웠다.

Fashion Food, 내추럴 와인 즐기기 십계명

- 첫째. 와인 숙취가 심한 분들에게: 처음 시작할 때는 '첨가물 없는 와인'을 드셔보기를! 물론 내추럴 와인이라도 국가별로 이산화황(산화방지제) 같은 첨가물이 있을 수 있다.

- 둘째, 알코올/술맛을 싫어하시는 분들에게: 가장 아로마틱한 와인이나 게부르츠트라너나 무스캇 오렌지 와인부터 시도해보자.

- 셋째, 시원한 맥주를 찾는 분들에게: 과실미 가득한 펫낫 와인은 여름을 날릴 수 있다. 냉장고에 보관했다가 샤워 후 5도로 시원하게 마시면 정말 1000배 더 맛있다.

- 넷째, 기분 좋게 분위기를 내고 싶은 분들에게: 살구 주스 같은 과실미 넘치는 와인을 마음으로 음미하자.

- 다섯째, 다양한 와인맛을 알고 싶은 분들에게 : 막걸리도 Rice Wine인 것처럼 엘더플라워 등 허브를 넣은 와인도 있다. 다양한 와인의 맛을 경험하자.

- 여섯째, 드라이한 오렌지 와인을 찾는 분들에게: 과실미 넘치는 와인도 있지만 좀 더 드라이한 오렌지 와인도 많다. 모든 오렌지 와인을 과일 주스로만 생각한다면 큰 오산.

- 일곱 번째, 쓰디쓴 레드 와인만 드시는 분들에게: 어떤 것도 첨가하지 않았는데 발효 방식와 포도 종류, 토양 등에 따라 토바코, 초콜렛이나 통상 earthy*하다고 부르는 맛도 있다. 내 경우 코냑이나 보드카보다 이런 스타일의 와인이 더

맛있다.

○ 여덟 번째. 포도 과수원의 할머니를 그리워하는 분들에게: 포도밭에서 바로 담은 것 같은, 날것의 젊음이 깃든 와인이나, 포도 향이 물씬 풍기면서도 정감있고 언뜻 촌스러우면서도 우아한 와인을 추천한다. 꼽꼽함으로만은 설명할 수 없는 매력에 빠져보시길.

말바(Malvar) 와인. 펑키한 막걸리 느낌과 과일 풍미가 공존하는 것이 신기하다.

○ 아홉 번째, 복합적인 와인을 찾는 분들에게: (언어의 한계를 느끼지만) 블러드 오렌지와 패션 프룻의 뉘앙스를 지니면서도 약간의 탄닌감이 있는, 처음 혀를 대는 순간부터 끝맛까지 다양한 레이어들로 펑키하며 사워 체리, 딸기의 톡 터지는 신맛이 춤을 추는 와인도 있다!

○ 열 번째, 지갑이 얇은 분들에게: 가장 속상한 점이 아직까지 내추럴 와인이 비싸다는 것이다. 가격을 낮추기 위해서는 대량 수입을 해야 하는데 내추럴 와인의 재배 특성상 대량 생산하는 와이너리는 아직 그리 많지 않다. 특히 한국은 와인 브랜드를 중히 여겨 '듣보잡' 내추럴 와인에 대해서는 평가가 박한 것도 사실이다. 나만의 취향으로 프로모션 와인을 찾아 다닐 수밖에!

---

* earthy란 여러 의미가 있는데 나는 'referring to sex and the human body in a direct way'이라는 뜻처럼 땅으로 돌아가는 거친 본능, 다른 의미로 '포도/자연의 있는 그대로의 모습'으로 사용한다. 땅과 흙이 보여주는 꾸밈 없는 본래의 성질이라는 의미로 와인 설명 시 많이 사용한다.

4

고기 좋아하지만 비건도 하고 싶고

1. 고기를 좋아한다는 착각

어느 날 40대로 보이는 다섯 명의 손님이 워크인으로 올라왔다. 비건 음식점임을 열심히 자랑해야 할까? 반대로 묻지 않을 때는 적절하게 넘어가야 할까? 이런 고민을 하는 것 자체를 어떤 분들은 이해할 수 없을 것이다. 하지만 예약 없이 간판만 보고 손님이 올라오면 실은 두렵다. 오픈 초기에는 자신만만하게 비건, 순식물성 발효 바라는 것을 강조했다. 그러나 "비건이요? 비건이 뭔가요?"라고 묻는 손님부터 내추럴 와인 간판을 보고 올라왔다 비건임을 알고 내려가는 손님, 비건이라는 설명을 듣고 앉았다 일어나는 손님을 보면 기가 죽는다. "비건 아닌 메뉴는 없나요?"라는 말을 들을 때면…. 정말 그 순간에는 '조개껍질 가루라도 뿌려서 비건 아니라고 하고 팔아야 하나?' 하는 고민이 안 들 수가 없다. 맛있게 스테이크를 먹은 손님이 나갈 때 콩단백이라는 사실을 알고 얼굴이 어두워지는 것을 보았을 때의 그 느낌은 도저히 설명할 수 없다.

그날 역시 'Natural Wine'이라고 쓰여 있어 올라왔다며 '언제 생겼

고기일까 채소일까, 천년식향 인기 메뉴 Pleasure & Danger

는지'. 이 동네에서 일하는데 '왜 몰랐는지' 하며 처음에 굉장히 반가워했다. 그러나 와인 5병 마신다며 행복해했던 그 손님 일행은 결국 '와인은 맛있지만 음식 취향과 다르다'는 결론을 내며 일어났다. 고기 실컷 먹고 와서 배부르니 와인과 가벼운 안주를 찾을 때부터 손님들의 취향을 알아챘어야 했건만, '비건 치즈' 운운하면서 설명한 나를 원망할 수밖에 없다.

이러한 경험을 하다 보면 '비건 지향'의 가치를 내걸고 '분기탱천'하며 파이팅을 외치던 나조차도, 묻지 않으면 굳이 설명하지 않고 넘어가는 것이 정답인가 하는, 말도 안 되는 고민을 시작한다. 그날 역시 정말 나가는 손님을 쫓아가 묻고 싶었다. "비건을 어떻다고 알고 계셨는지요? 왜 취향이 아니신지요?" 그러나 취향이 아니라고 나가는 분들께 이러한 질문은 터무니없다는 것을 알기에 목구멍까지 올라오는 그 질문은 애써 삼켰다. 실은 묻지 않아도 알기 때문이다.

고기에 열광하는 한국 문화. 그 안에서 "비건=풀=건강=맛없음=반찬=저렴=와인과는 별로"라는 통념을, 혹은 공식을 믿는 이러한 손님을 무시하라고 지인들은 조언한다. 그러나 그분들을 설득하지 못한다면, 장사를 너무 못하는 것이 아닐까. 비건을 표방하지 않고, '알고 보면 순식물성'이라는 전략을 세워도, 메뉴와 재료 설명을 듣고 손님들이 나가는 상황을 겪다 보면 지속가능한 사업을 하고 싶은 나는, 난감함을 넘어 우울하다. 단지 매출 때문이 아니다. 그들은 왜 비건을 싫어할까? 그들에게 비건, 채소, 식물 음식점은 무엇일까? 사람들은 비건이나 논비건이나 공히 취향이니 고민할 필요 없다고 말하지만, 사실 음식은 개인적 취향

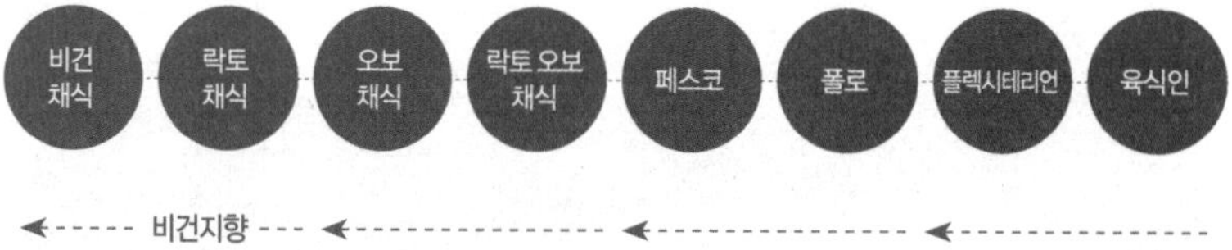

완벽한 비건은 없다. 천년식향은 비건이라는 지향 자체를 존중하며, 그들의 다양한 라이프스타일을 스펙트럼으로 이해하려고 한다. 때로는 구분없이 경계를 왔다갔다하기 때문이다. 단지 비건을 지향하며 자신이 먹는 음식의 재료를 한번이라도 사유하면 좋겠다.

이상의 무엇, 즉 사회문화적 배경에 따라 결정되는 것이기에 결국 나는 '비건 문화'에 대한 고민에 빠진다.

만약 와인을 좋아하는 손님들이 비건을 좋아하지 않는다면? 아무리 맛있어봤자 비건인 것을 알고 나서는 고기보다 못하다고 생각한다면? 왔다가 비건임을 알고 돌아간다면? 그렇다면 나는, 과연 비건을 적극적으로 알려야 할까? 아니면 살짝 적당하게 알려야 할까.[30] 요즘 시국이 시국이라서일까, 아니면 깊어가는 가을 탓일까, 천년식향의 고심은 갈수록 깊어간다. 대체 비건은 무엇일까?

사실 천년식향은 완벽한 비건이 아니다. 모든 재료가 순식물성이라고는 하지만, 플라스틱과 농약을 포함한 다양한 방식으로 가해지는 비인간 동물에 대한 착취에서 완전히 자유롭지 않다. 또 재료가 비건이라고 기후위기 문제가 완벽하게 해결되지도 않는다. 따라서 그 불완전함

30 인스타 댓글 반응에서는 비건임을 알려야 한다, 알리지 말아야 한다 논쟁이 많았다. 손님이 물어보면 '순식물성'이라고 응답하지만, 모르고 온 사람에게 열심히 설명하지 말라는 것이다.

뉴욕의 고메푸드 샵에서 판매하는 비건 캐슈넛 치즈. 3개월 이상 발효시켜 만든다.

뉴욕에서 만난 비건 치즈 피자. 뉴욕에서는 일반 피자집에서도 비건 메뉴 옵션이 있다.

을 자각할 수밖에 없는 천년식향인 만큼, 고기를 좋아하는 그들과 연결되고 싶다. 공장식 축산과 환경에 대해 단 1초의 관심을 주지 않았던 사람과 특히 연결되고 싶다.

'채소를 고기화시키는 과정에서 특유의 식감을 만들기 위해 저온조리법을 사용하는데, 이것도 문제가 있죠. 동물 보호 메시지를 담고 있는 채식 요리지만 일반 조리법에 비해 전기량은 배가 드니까요. 조리도구도 플라스틱에서 자유로울 수는 없어요. 공존을 위한 비건이지만 그 과정에서 발생되는 문제들에 대해 고민을 멈추지 않고 싶어요."[31]

결국 천년식향은 어떠한 이야기를 해도 들어주지 않는 사람과 단절과 아닌, 연결을 느끼고 싶다는 소망의 장소다. 고기선호자들에게 '채소구애'를 외치는 것이 가끔 '스토커'처럼 비치지 않을지도 생각한다. 그럼에도 고기에 대한 욕망이 채소로 충족되는 것으로 가능해지는, 그 사람의 여유, 마음의 여유를 상상하고 싶다. 그것이 나와 그의 마음을, 그와 소의 마음이 연결하게 될지도 모르니까.

한때 돼지갈비를 누구보다 좋아했던 린이다. 고기만이 줄 수 있다고 여겨졌던 자극적인 만족감. 다른 방식으로라도 그 만족감을 타인에게 줄 수 있다면 타인과 연결될 수 있다는 믿음을 가지고, 린은 오늘도 요리한다. 어떤 사람을 바꾸고, 계몽시키려는 위계적인 소망 대신, 사람과 사람을 연결시키는 요리의 가능성을 믿는다.

내가 음식 상담을 하는 이유도 마찬가지이다. 이것은 자식에게 '밥 먹었어?'라고 묻는 엄마들의 마음과 비슷한 것이다. '옳은 것', '당위성'으로 다가가면 꼰대의 비난과 지적으로 여겨질까, 혹시 더 단절이 더 커질까 걱정하며, 그냥 고기를 구워주면서 '밥'이라는 친숙함으로 소통하려 한다. 그러나 '공장식 축산'이 결국 경제적 피해까지 포함하는 수많은

31 한국전력공사, "생각하는 식탁 채식의 무한 스펙트럼 - 철학하는 요리사, 안백린 셰프", 《빛으로 여는 세상》 2023년 3-4월호(vol. 52)

경로로 우리 인간 자신에게 돌아올 수 있다는 사실은 여전히 무겁다. 이제는 나도, 다른 엄마들도, 자식에게 고기 구워주는 것으로 다정함을 표시하는 대신, 다른 음식으로 말을 걸어보는 게 어떨까.

또 자식에게 음식으로 말을 거는 '수고로움'이 어떠한 노동일지는 여전히 궁금하다. 사랑이고 관심이고 기쁨이니 노동이 아니라고 주장해볼 수도 있다. 그럼에도 엄마가 자식에게 해주는 음식은 상호 기쁨이기도 하지만, 엄마로서 솔직함을 덧붙이자면 의무에 이은 귀찮음이기도 하다.

천년식향 tmi

〈맛있는 녀석들〉 채식 특집(2021) 방영 이후 인상 깊은 댓글이 있었다.

- 아니 채식 같은 채식을 먹지 왜 자꾸 고기 코스프레를 하겠다는 건지 모르겠음
- 채식을 한다면서 고기맛은 못잊어서 발광하는 것들

이분들이 '가짜'와 '진짜'에 대한 철학적 영감을 주었다. 천년식향만의 '거짓의 맛'이 감히 당신의 관능을 자극했나 보다. 그 자극에 한번 발광하고 싶다.

덕분에 고맙습니다.

2. 당근이 고기맛이면 난 토끼가 될래

린은 어릴 때부터 그림 그리는 것을 좋아했다. 바쁜 일상으로 붓을 놓았다가 다시 천년식향의 벽을 페인트로 칠할 때 그렇게 행복할 수 없다는 린은, 결국 그림을 너무 그리고 싶어 나무 판하고 페인트를 잔뜩 샀다. 좁은 집에 들어찬 린의 미술도구들은 우리 가족의 화를 돋우는 중이다. 그러나 재료만 사놓고 정작 붓을 만지지는 못한다.

하지만 너무도 그리고 싶은 린의 마음이 페인팅 요리로 이어졌다. 미국 시카고 미슐랭 3스타 @thealineagroup의 셰프 @grant_achatz는 테이블 위에서 바로 그림을 그려준다. 린도 천년식향에서 셰프가 아니라 손님이 직접 그림을 그릴 수 있는 경험을 만들게 하고 싶어했다. 손님들의 그림을 요리로, 요리를 그림으로 만드는 것이다.

마침 천년식향에는 예술의 전당 전시회와 음악회를 경험하고 오는 분들이 많다. 예술의 전당에서 멋진 예술을 느끼고, 갓 구운 유기농 천

'Millennial Marbles Steak'를 만드는 린.

천년식향의 사라진 메뉴, 'You are the artist'. 손님들은 좋아했지만 직원들이 너무 고통스러워했다.

연발효 플렛 브래드 위에, 토마토 페스토(red), 대파 버터(yellow), 참나물 페스토(green), 단호박 크림(orange), 비트 와사비 퓨레(purple), 흑마늘 페스토(black) 등을 물감 삼아 특별한 당신만의 소중한 예술을 입과 몸으로, 오감으로 느껴보기를 기대했다.

예술을 담아 요리를 하는 공간을 셰프가 아닌 손님들의 영감으로 채우고 싶었다. 음식을 예술로 해석하는 당신이 바로 예술가이기 때문이다. 결과는 어떠했을까? 손님은 좋아했지만 직원들이 너무 고통스러워했다.

"제발 좀 주문받지 말아주세요ㅜㅜㅜ"

가격(22,000원) 대비 직원들의 잔신경이 너무 많이 투입되던 음식 그리기 메뉴는 결국 6개월 만에 메뉴판에서 사라졌다. 이렇게 안타깝게 사라진 인기 메뉴도 있지만, 여전히 남아있는 천년식향의 시그니처 요리도 있다. 그중 하나는 당근 요리다. 천년식향을 열기 전, 린은 '속세의 사찰'을 컨셉트로 연 '소식'에서 처음으로 당근 요리('토끼의 사찰')를 개발했다. 손이 많이 가는 요리로, 초기에는 심지어 아무도 안 시키는 메뉴였다. '당근이 어떻게 고기보다 맛있을 수 있겠어?'

그러나 '소식'이 코스요리를 전문으로 하게 되면서 손님들은 어쩔 수 없이(?) 당근을 먹을 수밖에 없었다. 어느 날 린은 손님들의 놀라운 반응을 듣게 된다. 당근이 가장 맛있다! 결국 이 당근은 《뉴욕타임

12:30 p.m. **Hold the BBQ**

To many, Korean food is still associated with meat sizzling on a tabletop grill. But against all odds in Seoul, veganism is quietly on the rise. Millennial Dining in Seocho, a district south of the river, is run by a mother-and-daughter duo. A five-hour braised carrot dish billed as "Better than Sex" arguably lives up to its bold promise (33,000 KRW), and "Pleasure & Danger" is a plant-based take on the classic minced-beef patty dish, tteokgalbi (35,000 KRW, bottles of natural wine on the pricey side; reservations recommended). Near the Blue House, the

뉴욕타임즈에 소개된 천년식향과 당근 요리

즈》에[32]까지 소개되는 영광을 누렸다.

린은 정말(X10000) 행복해했다.

나도 린의 당근 요리가 맛있다. 물론 나는 생당근을 좋아한다. 아삭거리는 그 당근의 식감과 향긋한 향이 좋다. 그러나 직원 희수는 생당근 그 특유의 맛이 싫단다. 이렇게 사람마다 맛있다는 것이 다르다니 놀랍다. 하지만 5시간 저온조리한 당근 요리는 취향을 초월, 당근을 좋아하지 않는 사람들에게도 무척 인기가 있었다. 심지어 다 먹은 손님들이

32 "36 Hours in Seoul: Things to do and see", 2022.12.15.

'소식'부터 천년식향까지 5년간 살아남은 당근 요리, 'Better than Sex'

'당근이 어디 있는지' 놀라워하며 당근의 행방을 묻곤 했다. 이런 과정을 거쳐 어느 날부턴가 린은 '당근 전문 셰프'로 등극했다.

"당근 요리는, 제가 존경하는 호주 멜버른, 에티카(@atticamelbourne, 3 hat, 20th WORLD BEST restaurant) 셰프의 시그니처 당근 요리를 보고 당근의 가능성를 믿고 개발한 요리입니다. 얇은 미니 당근의 형태로 손질 후, 5시간 저온으로 다섯 가지 소금이 베이스가 된 특제소스에 버무려 굽습니다. 쫀득쫀득 익혀진 당근을 특제소스와 허브들과 함께 팬에서 구운 후, 플레이팅을 하게 됩니다. 그 당근 요리의 모든 컴포넌트(3개월 발효 아스파라거스 피클, 래디시 슬라이스, 참나물 줄기피클, 당근 껍질 퓨레, 3일 걸려 만든 아몬드 리코타, 천연 발효빵에 바른 버터와, 비름나물 볶음, 산지직송 유기농 허브들, 찰기

장 팝 등))는 정말 손이 많이 갑니다."

당근에 관한 편견을 깨고, 마침내 린의 당근이 시그니처가 되기까지는 3년 이상이 걸렸다. 그래서인지 당근 요리 과정을 아는 다른 레스토랑 셰프들도 당근 요리를 원픽으로 꼽곤 한다. 이탈리아에서 온 외국 손님은, 그 당근 요리를 친구한테 전해, 그분의 프랑스 친구가 당근을 먹으러 오기도 했다. 또 어떤 분은 이 당근이 섹스보다 좋다! 라며, 'Better than Sex'라고 작명해주었다(사실 메뉴판에 있는 관능적인 요리 이름은 손님들의 작품이다).

'천년식향에서 꼭 먹어야 할 요리'로 당근 요리가 추천되는 것은 뿌듯하다. 채소만이 줄 수 있는 관능으로, 채소의 한계를 반문하기를 권한다. 정말 채소의 가능성은 무궁무진하다. 나의 강아지 처빌이 당근을 좋아하는 이유도 진정으로 알 것 같다.

천년식향 tmi

당근 셰프가 있듯이 당근을 좋아하는 채식 강아지도 있습니다.

나의 강아지 처빌이 가장 좋아하는 것은 당근입니다.

처빌을 질투하는 엠버도 가끔씩 당근을 씹으면서 놉니다.

3. 비건여부는 비밀, Rather Not Say?

손님들은 말한다. "비건 같지 않아요! 그냥 맛집이에요. 저는 육식파인데 너무 맛있어요." "비건인데 비건 같지 않은데 비건이야!" 정말 감사하게도 힘이 되는 칭찬들이다. 그러나 천년식향은 매일 밤 고민한다. 비건 같다는 것이 칭찬일까? 비건 같지 않다는 것이 칭찬일까? 칭찬처럼 보여도 정말 칭찬인지 아닌지 그 의미가 모호하다.

그러나 예약없이 들어온 워크인 손님이 말한다.

비건이어서 싫어요. 죄송합니다만 나갈게요….

사찰 음식을 만드는 분은 말한다.

비건인데 왜 달고 짜요?

비건인데 왜 비싸요?

비건인데 왜 채소가 없어요? (즉 샐러드)

비건인데 왜 고기를 따라해요?

비건인데 제로 웨이스트는 당연한 것 아닌가요?

다이닝에 익숙하신 분도 말한다.

다이닝이라면 제로 웨이스트를 추구하기보다 서비스에 집중해야 할 것 같아요.

비싼 돈 내고 먹기에는 너무 불편해요.

손님 분들의 의견을 하나하나 새겨듣는 천년식향은 어떻게 해야 할까? 비건임을 밝히는 순간, 이익보다 불이익이 많다. 어느 날 천년식향이 공중분해될 것 같은 불길한 예감이 들 때면, 늘 다음과 같은 고민에 빠진다. '현 시대에 맞게, 굽신굽신, 가늘게(?) 길게(!) 가야 하지 않을까?' 이것은 단순히 모든 사람을 만족시키고 싶은 욕심일까, 아니면 극과 극을 달리는 한국 비건 문화에 빠르게 반응하려는 나름의 애정일까?

보통 비건은 한 뭉텅이의 "초록색"으로 인식된다. 그러나 맛없는 푸석한 닭가슴살의 존재가 이상하지 않듯, 고기보다 자극적인 채소의 존재도 이상할 것은 아니다. 채식의 스펙트럼을 한 색깔에 가두는 것이야말로 구식, old-fashioned한 것이 아닐까. 이러한 채식의 고정관념을 깨자는 마음가짐으로 천년식향은 문을 열었지만, 그 통념의 장벽은 여전히 높다.

결국 천년식향은 고민 끝에 결정했다. 비건을 넘자, 또는 비건을 트랜스(Trans)하자. 그리고 요청한다. 구글의 회원 가입 정보란의 '성 정체성' 항목에 'Rather not say' 옵션이 있듯이, 더 이상 천년식향에게도 비건 여부를 묻지 말아 달라고! 현실의 불이익이 없어질 그날까지 말이다. 그래서 천년식향의 정체성은 'Rather Not Say'라는, 다음과 같은 내용을 인스타에 올렸다.

천년식향 : 비건 여부는 비밀. Rather Not Say

1. 천년식향은 비건 정체화/카테고리화에 저항한다.
2. 비인간 동물성 재료는 쓰지 않으나, 미세플라스틱으로 인한 해양동물 피해, 농약과 농법 유통으로 인한 동물피해, 대기업 공장에서 일어나는 수많은 동물 처리 교차오염 등 식물성 재료도 비건 여부에 대해 완전하지 않으며, 단지, 충실할 뿐이다.
3. 인간 셰프들의 피와 땀으로 만들어진 요리에 대해, 앞으로 천년식향은 비건인지 아닌지 밝히지 않겠다.
4. 천년식향을 비건으로 소개하신 분들은 혼선을 방지하기 위해 '비건' 워딩을 삭제해주시거나 꼭 비건이라는 단어를 쓰고 싶으시다면 '비건 여부 비밀'이라고 변경 부탁드린다.
5. 스스로 비건 정체성을 밝히시거나 비건을 원하시면 Custom 요청사항으로 전 메뉴 순식물성으로 준비한다.

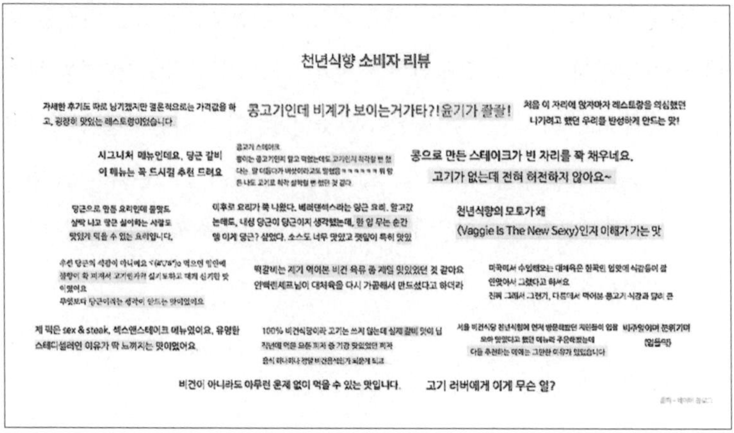

비건 같지 않다는 손님들의 칭찬(?), 출처는 네이버 블로그

많은 질문이 댓글로, DM으로, 전화로 왔으나 포인트는 하나다.

- 그렇다면 동물성을 파는 것인가요?
- 이제는 비건 안 하시나요? 업종전환인가요?

천년식향의 답도 한결같다.

아니요!
비건임을 표방하지 않겠다는 것입니다.

네이버 국어사전의 '표방(標榜)'이란 '어떤 주장을 내세워 보임'이라는 뜻이다. 비건이라고 내세워 주장하지 않겠다는 의미다. 그렇다고 순식물성이 아닌, 동물성을 팔겠다는 것은 아닌데 사람들은 왜, 무엇을 걱정하는 것일까? 원래 순수한 비건, 순식물성 100퍼센트는 있을 수 없는데도 말이다.

그러나 '비건 여부는 비밀, 오히려 말하지 않는 것이 낫다는 선언(?)은 생각보다 저항이 컸다. 그래서 결국 '순식물성 발효 다이닝'으로 정리하고, 비건 정체성을 강조하거나 표방하지는 않지만, 물어보면 말하는 것으로 결론을 냈다. 물론 외부에서는 '여전히' 천년식향은 비건 카테고리에 들어간다. 어느 면에서나 완전한 비건 100%란 불가능함에도, 그 사실은 중요하지 않은지 비건으로 알려진 천년식향은 비건다울(?) 수밖에 없으며 계속 비건다움(?)을 위해 노력할 수밖에 없다. 린 역시 '단호한', '엄격한 비건'에서 '상호의존하는 비건 지향'이 되었으며, 전보다 더 편해졌다. 운동성은 약해졌을지 모르나 외유내강이 되었다고나 할까. 다행히 언제부터인가 '비건 지향'은 많은 사람들의 트렌드가 되었다.

천년식향 tmi

비건은 (당분간) 운명이다.

천년식향을 알리는 특별한 전략으로 비건(?)을 활용하자.

4. 고기가 아닌데 왜 비싸요?

비건을 대중화하려면 어떻게 해야 할까? 물론 개업 초기보다 요즘 비건이 트렌드이기는 하다. 비건 페스타 같은 행사도 많다. 블루오션, 세계적 트렌드라고도 한다. 그러나 여전히 채소 요리는 힘들다. 느타리, 히말라야 자연산 능이버섯 10킬로그램을 1킬로그램이 될 때까지 저온 로스팅하고, 'Sex & Steak' 1킬로그램은 40시간 이상에 걸쳐서 만들고, 동물복지계란보다 더 비싼 식물성 에그와 유기농 밀가루로 생면과 피자를 만드는, 천년식향은 비건을 대중화하는 공간일까?

손님이 어느 날 돌직구를 날린다.

"비건을 대중화하고 싶다는 안백린 셰프의 인터뷰를 어딘가에 본 것 같은데, 현재 천년식향은 대중적인 가게가 아닌 것 같아요."

맞는 말이었다. 예약금 제도, 어려운 요리 정체성, 가격, 또한 제로 웨

수박을 저온 조리해서 만든 사시미

비건 연어 초밥과 와사비 아이올리

이스트 원칙까지, 대중적이지 않고 불편한 점이 많다. 개업 초기에는 '보편가격', '눈가격'에 맞추어 판매했더니 언제나 만석의 행복을 누렸다. 하지만, 직원 4명 브레이크 가지기도, 월급 주기도 어려웠다. 음식 가격에 노동력의 비용을 책정하지 않은 것이다. 처음에는 믿을 수 없었다. '채소 요리가 이렇게 노동집약적인가…?' 수많은 시행착오 끝에, 소수 맞춤형 예약제로 하게 된 이유는 대중적이고 윤리적인 가치실현만큼 함께 일하는 사람들의 지속가능성도 중요하다고 생각했기 때문이다. 프리미엄 비주얼과 다르게, 이윤은 여전히 거의 없지만 그래도 과거보다 직원이 행복하다.

천년식향은 요리를 먹어보기 전까지, '맛있다는 것이 의심이 간다'라는 질문을 정말 많이 듣는다. 심지어는 코스요리를 시키지 않는 이유를 물으면 '믿을 수 없어서'이다. 정말 1인 메뉴 하나씩만 시키다가 결국 2분이 9가지 요리를 주문하는 경우도 본다. 맛있기 때문이란다. 비건이 이렇다면 비건하겠다는 사람도, 립서비스 조금 합쳐서 정말 많다. 이러한 반응에 힘입어 식물성 요리도, 손이 많이 가면 맛있는 요리가 될 수 있다는 확신이 든다. 오직 문제는, 가격.

천년식향은 요즘 부쩍 손이 많이 가는, 맛있는 비건 요리를 어떻게 대중화할 것인지 고민한다. 정말 누구보다도 맛있게, 열정적으로, 정말 자신의 일처럼, 자신이 먹을 것처럼 함께 해주는 천년식향 직원들(항상 고맙다는 말 말고는 할 말이 없어 언제나 미안하다)에게 어떻게 감사함을 전달하지? 맛있게 하기 위해 노동력을 많이 써서 대가를 지불하기 어려울 정도라면, 비건을 주장하는 게 과연 옳은 것일까. 또 맛있게 하기 위한 5시간 저온 조리로 가열기를 오래 쓰며 탄소를 방출하는 것은 과연 옳을까. 탄소배출을 줄이기 위해 소고기를 줄이고, 그 대안으로 맛있는 채소 요리를 제안하는 것인데 그것이 또 다른 기후위기를 가져오는 게 아닐까 걱정이 크다.

물론 사람들이 많이 먹어주면 가격이 내려가서 많은 문제가 해결된다. 그러나 사람들은 비싼 채소를 먹지 않는다. 첫째는 역시 심리적 가성비다. 고기는 비싸지만 이미 채소는 너무 싼 재료라는 생각이 강하다. 둘째, 채소를 좋아하는 사람들은 소박한 소비생활을 지향하는 '최소 소비자'들이 많다. 셋째, 욕망이 지글지글 타오르는 붉은 고기에 비하여 채소는 대체로 청명하고 깔끔한 그린(green) 이미지다. 천년식향 채소 요리들은 이러한 통념을 가진 사람들을 구체적으로 다음과 같이 설득(?)해왔다.

첫째, 천년식향은 가격 낮추기에 저항한다. 돈이 많은 사람은 비건에 대한 선입견이 있어 선뜻 오기 힘들고, 비건을 지향하는 사람들은 돈이 없어 못 온다고들 한다(3년 간의 통계적 결과다). 그렇다고 가격을 내리면 결국 망해서 문을 닫고 말 것이다. 천년식향이 만드는 수제 식물성 버터는 만드는 노동력을 더하면 일반 버터의 원가보다 높다. 버섯 요리는 버섯 10킬로그램을 사서 무려 1킬로그램이 될 때까지 졸인다. 그 결과 요리로 올라가는 시점에서 버섯 가격은 한우와 같아진다. 어쩌면 이것은 허영이 아니라 정성이다.

요리법을 바꾸는 대신 다른 대안을 모색한다. 예를 들어 피자 팝업이나 쿠킹 클래스 등이다. 천년식향에서는 평소 42,000원의 '시그니처 트러플 피자'를 팔지만, 피자 팝업 행사 때는 19,000원부터 다양한 가격대의 피자를 내놓는다. 물론 팝업은 이윤에는 큰 도움이 안 된다. 하지만 그동안의 손님들께 감사함도 전달하고 천년식향을 모르는 손님에게 홍보하는 것도 의미가 있기에 다양한 팝업을 기획 중이다. 팝업을 열면 다행히 많은 손님들이 기쁘게 먹고 갔다. 초기에 왔다가 한동안 못 왔다는 이전의 손님들도 많이 왔다. 고맙다. 또 수제 생산을 기계 생산으로 변경하는 방식을 고민하고 있다. 일단 주식회사 천년식향의 이름으로 '대체육' 개발을 위해 프로젝트기금사업(공적 지원)에 뛰어들었다.

둘째, 천년식향의 타겟은 1%의 비건이 아니라 99%의 논비건이다. 어떤 시장이 커지려면 상응하는 수요가 있어야 하는데, 비건을 실천하는 사람들은 아직까지 그 수가 많지는 않다. 그리고 비건을 지향하는 사람들은 대개 소비의 잣대가 엄격하다. 채식을 하는 사람들은 대체로 금욕적인 삶을 살아야 한다는 마음가짐의 소유자인 경우가 많다. 고기 중심의 식단을 싫어하는 사람들이 채식을 선택하는 경향도 많다. 그러니 채소만 먹는 것이 윤리적이고, 대체육처럼 고기를 따라 한 요리는 탐욕적이라는 생각으로 이어지기 쉽다. 아직까지 일반 다이닝을 다니는 고객층들에겐 '이왕 돈 쓰는 거, 고기를 먹는 게 낫지'라는 인식이 강하기 때문에, 대체육을 터부시하는 비건 문화는 비건 다이닝의 적절한 가격 산정에서 큰 어려움으로 작용한다. 이렇다 보니 빠르게 성장하는 비건 베이킹 업계와는 달리, 채소 베이스로 한정되는 비건 다이닝 업계들은 고전할 수밖에 없다. 어찌 보면 한 명의 개척자로서 넘어야 할 이 산을 어떻게 넘어가야 할지, 여전히 경계에만 서 있는 것 같아 불안했지만, 마음을 정했다. 천년식향의 타겟은 비건들이 아니라 고기 좋아하는 논비건들로, '한 끼라도 고기 덜 먹어 탄소중립의 의미를 이해하기'로 목표설정을 변경했다. 또 한국에만 머무는 게 아니라, 글로벌 진출을 계획하고 있다.

셋째, 천년식향은 그린(green)만을 요리하지 않고, '사치의 역설'을 요리한다. 초록 요리도 있지만 다채로운 색상의 채소 요리를 만들기 위해 애쓴다. 검은버섯, 붉은 비트, 주홍 당근, 화이트 아스파라거스…. 오죽했으면 9가지 요리가 나오는 오마카세 채소 요리를 '채소의 사치(luxuries of vegetables)'라고 명명했을까? '사치'라는 단어는 부정적으로 받아들여지기 쉽지만, 굳이 천년식향은 다양한 채소를 통해 '사치' 부리기를 권유한다. 한우오마카세, 참치오마카세처럼 채소도 오마카세가 가능하다. 이처럼 '채소의 사치'는 무언가를 탐하는 것, 과한 것에 대해 윤리적으로 느끼는 죄책감 또는 거부감을 역설적으로 활용한다. 보석의 '사치'를 욕하면서 부러워하듯이, 언뜻 소박함의 상징으로 여겨지는 채소도 사치하고 욕망하면 좋겠다. 채소가 귀해져야 농부도 살고 지구도 산다. 이를 위해 때로는 천년식향이 '허영스러운' 공간이어도 좋다. 아마 와인도 한몫할 수 있을 것이다.

비싸고 맛있는 채소 요리를 지금은 사람들이 알아주지 않는다고 문

천년식향에서 개발 중인 대체육. 마블링이 생생하다.

을 닫을 수는 없다. 지구를 살리고 손님의 만족을 추구한다고 가격을 내려 직원을 죽일 수는 없다. 지금 사용하는 유기농 재료들을 농약을 쓴 재료로 바꿀 수도 없다. 그냥 천년식향은 믿는다. 묵묵하게 외롭지만 걷는다. 언젠가는 사람들이 조금이라도 내추럴 와인과 채소발효 요리의 진가를 알 것이라고 믿으며, 그래서 앞으로도 지겹게(?) 내추럴 와인과 발효 이야기를 할 것이다. 그래서 사람들이 공장식 축산 소비보다 한 끼라도 발효 채소 요리를 선택하게 된다면, 그것으로 천년식향의 존재는 충분한 가치가 있다.

5. 채소의 관능, 남성을 유혹하다

남성성을 상징하는 '고기'를 주제로, 중년 남성들이 많이 보는 잡지 《이코노미스트》나 《월간중앙》에 채식이 게재된단다. 기분이 좋다. 아니 영광이다. 사람들은 천년식향에 (지정성별) 여성이 많이 온다고 생각하겠지만, 실은 중년 남성이 꽤 온다. 건강을 생각하는 사람들이 많아진 것일 수도 있지만, 동시에 '채식은 맛없는 풀떼기'라는 인식이 줄어든 것은 아닐지 싶어 혼자서 웃는다.

물론 중년 남성들이 가장 많이 주문하는 것은 아스파라거스나 비트를 활용한 요리보다, '고기 같은' 스테이크다. 그들이 말하는 방문 이유는 고혈압이나 통풍 예방 등 건강을 생각해서이기도 하지만, 새로운 경험을 하고 싶어서인 경우도 많다. 2차는 소주와 곱창을 먹겠다며 '맛보기'로 조금만 주문하기도 한다. 때로 이런 남성들 중 일부는 2차를 가지 않고 그냥 주저앉아서 스테이크를 연속해서 시키게 된다.

천년식향에서 가장 인기가 많은 요리가 바로 식물성 고기 요리, 'Sex

숯불 위에서 구워지고 있는, 채소로 만든 '고기' 꼬치

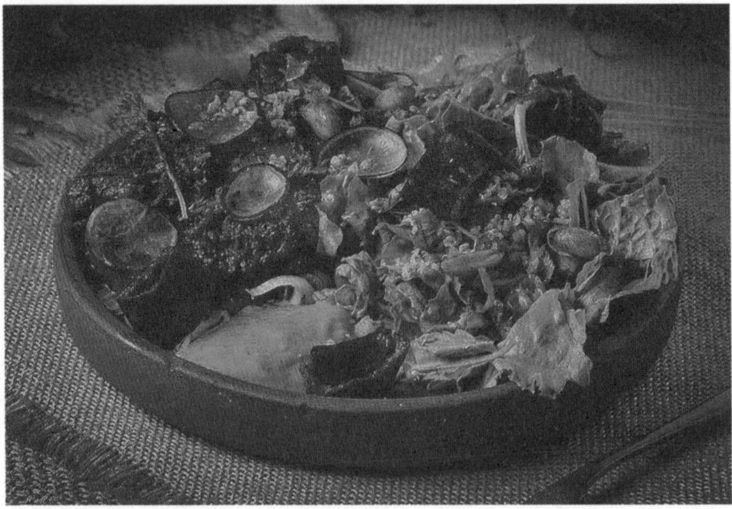

식물성으로 만들었지만 자극적인 요리, '섹스 & 스테이크'

& Steak'와 'Pleasure & Danger'다. 이름 그대로 섹스처럼 즐거움과 위험이라는 이중적인 면모를 가지고 있어, 차마 입에 못 담고 "이…. 이…. 메뉴 주세요" 하며 조심히 주문하는 것이지만, 와인과 함께 먹으면 정말 맛있어 인기 폭발이다. 그러나 논란과 인기를 공유하는 이 메뉴들을 설명할 때면 나 스스로도 아이러니하다. 혹시 남자들은 고기를 추종하(는 것처럼 보이는 것을 선택하)면서도, 경계선상의 위험한 섹스처럼, 고기 같은 채소맛을 가끔씩 즐기는 것인가? 비건이 (가끔은) 고기맛을 좋아하는 이유처럼 말이다(그들은 식물로 그 맛이 나는 것이 신기하기도 하고, 한때는 숯불 바베큐 같은 걸 좋아하기도 했기에, 맛있는 것이 땡길 때는 대체육을 구워 먹기도 한다는 것이다).

그러나 고기 같은 채소를 가끔씩 즐기고 싶다고 말하면, 마치 섹스를 욕망한다는 말을 공공연히 들은 것처럼, 비건들조차 열에 아홉은 놀란다. 우리 사회에서 '위험'은 욕망할 뿐 드러낼 수 없기 때문이다. 비건이 갖는 어떤 숭고함에 대비되는 고기의 위치 때문에, 비건계에서 대체육은 '이단아'가 된다. 고기와 채소라는 이분법적 구분은 이처럼 강고하다. 대체육을 먹을 바에는 차라리 스스로 동물을 죽인 고기를 먹는 것이 낫다는 비건도 있다. 화학적, 인공적 대체육보다 그냥 고기가 더 윤리적이라는 입장이다.

이처럼 권력의 주체, '진짜'의 주체가 동물성 고기라는 전제는 비건들에게도 때로 무서울 정도로 견고하다. '진짜'와 '진실'을 명명하는 힘은 어디에서 나올까? 고기처럼, 남성, 비장애인, 백인, 부자의 언어가 강력한 이유는 무엇일까? 그 이유는 그저 우리 사회가 남성중심주의, 비장애인중심주의, 백인중심주의, 부자중심주의적으로 돌아가기 때문이다. 한 사회의 권력투쟁 속에서 중심은 진짜이며 우월하며 좋은 것, 어떤 진실이 된다. 그 진짜는, 아마도 '비싼 것'이다. 백인, 남자, 비장애인, 부자를 상징하는 어떤 것들 말이다. 반면 가짜는 진짜를 따라 하기 위해 노력해야 한다. 하지만 그래 봤자 가짜는 가짜이다. 가짜는 영원히 진짜가 될 수 없다.

스테이크는 '말뚝', '꼬챙이에 굽다'라는 의미로, '강한 남성성'을 연상시킨다. 그러나 여성적이라고 여겨지는 채소도 고기 스테이크처럼 강하고 맛있을 수 있다. 각종 채소와 버섯의 단백질로 만든 그 자체 요리-버섯스테이크를 불향 가득히 구우면 고기와 다를 바 없이 맛있는 스테이크가 된다. 심지어 가지, 템페, 당근 같은 그냥 채소를 꼬챙이에 끼워 굽거나 유사한 모양으로 썰어 먹어도 스테이크의 풍미를 재현할 수 있다. 스테이크의 맛은 동물성이라는 재료로만 정의되는 것이 아니다. 어쩌면 요리 방식이나 향과 소스 등이 더 중요하다.

이처럼 진짜와 가짜의 경계는 사실 늘 모호하다. 그런데도 사람들은 진짜와 가짜가 무 잘리듯 분리되어 있다고 믿는 세상을 살고 있다. 채소로 만들면 여전히 가짜 고기로 취급받는다. 심지어 환경을 생각하는 비건들조차 '가짜'라고 정의된 무언가라면 꺼린다. 그러니 린이 요리사로서 가짜의 정확한 기준을 알고 싶다고, 왜 사람들은 고기를 따라 하면 따라한다고 싫어하고, 고기를 따라 하지 않으면 고기가 아니라며 또 싫어하는지 의아하다며 푸념했던 것도 당연하다.

한국에서 대체육[33]은 생각보다 잘 팔리지 않는다. 환경을 생각해서 대체육을 먹는다는 사람도 소수다. '가짜 고기'는 2퍼센트 뭔가 부족한 것, 고기를 따라 하는 불완전한 무언가라고 인식되기 때문이다. 그 2%가 무엇인지 알고 싶었던 천년식향은 그동안 다양한 시도를 해왔다.

1. 플레이팅: 그릇뿐 아니라 올리는 가니쉬와 그 배치까지 신경 쓴다.
2. 작명: 재료와 스토리 그리고 요리의 아우라는 물론이고 사회적 맥락까지 고려한다.
3. 와인(음료)과의 마리아주: 와인에 따라 요리 맛이 달라진다. 와인과의 궁합을 고려하여 요리를 만든다.
4. 요리의 스토리: 요리개발 과정과 내용을 요리 이름에 통합시킨다.
5. 서버의 친절함: 서비스라고 하는 것들 모두! 그렇다고 영혼까지 팔 수 없으니 영혼팔기와 친절함 사이에서 항상 조율한다.
6. 음식 온도: 사진 찍느라 제대로 된 온도에서 먹지 않는 손님들에게 오븐에 데운 그릇에 서빙하며 지속적으로 온도를 강조한다.
7. 요리 방식: 발효와 저온조리로 채소 본연의 맛을 느끼면서 고기 풍미도 갖게 한다.

---

33 최근 동원이 '참치 없는 참치'를 개발하고, 롯데 역시 비건 사업을 확장하며 대체육 개발을 시도하고 있다. 천년식향도 대체육 카테고리를 고민하며 새로운 시도를 하고 있다.

대체육을 위한 채소 발효 과정

3D 프린터로 뽑은 대체육

천년식향에서 개발한 대체육 'Millennial Marbles Steak'와 비건 버터로 요리하는 린

누군가에겐 부족했던 2%를 채울 수 있을 것 같아 최선을 다하던 중에, 왜 사람들에게 가장 맛있는 것이 고기인지, 무엇이 고기의 맛을 결정하는지를 연구하며 린은 '발효'에 착목했다. 버섯으로 미생물 발효를 하면, 긴 단백질이 작은 조각들로 쪼개진다. 이때 생성되는 이 작은 단백질들은, 고기의 감칠맛을 만들어내는 맛/풍미 성분과 같다. 이 사실을 발견하고 린은 흥분했다.

만약 채소 발효로 충분한 만족감을 줄 수 있는 그 무엇을 만든다면, 이는 채소 본연의 것에서 나오는 맛이기에 가짜도 아니며, 고기를 따라한 것도 아니게 된다. 2%를 채우는 것이 아닌, 어떤 이름을 가진 요리,

그 자체이다. 그러나 기존의 인식체계를 넘은 새로운 요리를 작명하기란 쉽지 않았다. 고기와 채소 즉 흑백이 아닌 다양한 색상 스펙트럼이, 빨주노초파람보처럼 더 세분된 이름이 있으면 좋겠다. 남자와 여자가 아니라 그 사이 수많은 스펙트럼에 이름이 있어야 하는 것처럼!

천년식향 tmi

고기인지 채소인지 정체도 모르며 먹어야 하는지' 궁금해하신다면 비인간동물이 아닌 채소기반(plant-based)의 좋은 재료를 발효해서 만든 요리라고 답변드리겠습니다. :)

또 고기를 포기할 수 없는 분들은
좋아하시는 그 맛을 즐기시며
일주일에 한 번! 이라도 고기와 채소의 이분법을 넘어
다채로운 미각을 적극 탐험해보세요 :)
그러면 언젠가는 채소의 육감적인 면모를 사랑하는 날이 올 것이어요.

치킨 식감과 비슷한 노루궁뎅이와 잭프룻(jack fruit),
참치 식감과 비슷한 연시,
오징어 식감과 비슷한 말린 무,
계란 흰자와 비슷한 병아리콩물처럼!

회사에서나 인간관계에서나,

흑백으로 이해될 수 없는,

다층적인 인간 삶의 모순을 유쾌하게 넘나드는 하루가 되기를 바랍니다.

나와의 대화, 음식일지 십계명

당신에게 음식은 무엇인가요? 또 맛있는 것은 무엇인가요?

음식이란 타인과의 연결입니다. 그래서 그 맛은 절대적이지 않습니다. 아마 같은 음식이라도 누구와 어디서 언제 먹었는지에 따라 당신도 다른 맛을 경험했을 것입니다. 절대적인 고유한 맛이 있다고 우리는 흔히 생각하지만, 그 절대성도 변화할 수 있습니다. 어쩌면 당신 자신도 맛을 만든답니다. 당신이 음식과 맺는 관계를 알아야 맛있거든요. 지속가능한, 내가 원하는 맛을 위하여 내가 음식에 대해 어떠한 생각을 하는지 음식일지를 써보세요. 무엇을 먹었는지 기록하다 보면 음식을 매개로, 그간의 고민하던 문제들이 풀린답니다.

- ○ 첫, 당신에게 음식이란 무엇인지요? 왜, 언제 음식을 먹나요?
- ○ 둘, 지금 먹고 싶은 것이 무엇인지요?
- ○ 셋, 맛있는 음식 생각나는 것 써보세요
- ○ 넷, 배부르게 먹기/먹지 않기를 하는 이유는 무엇일까요?
- ○ 다섯, 누구(혼자 일 수 있어요)와 함께 먹을 때 가장 행복한지요?
- ○ 여섯, 사랑하는 사람(나일 수 있어요)에게 사/해주고 싶은 맛(음식)은 무엇인지요?
- ○ 일곱, 가장 만들고/배우고 싶은 음식은 무엇인지요?
- ○ 여덟, 기분이 별로일 때 먹고 싶은 음식은 무엇인지요?
- ○ 아홉, 음식 먹을 때 함께 먹고 싶은 사이드가 무엇인지, 가장 좋아하는 조합을 써보세요. (예시) 콜라와 피자, 삼겹살과 소맥, 커피와 치즈케익, 김치와 찰밥, 된장국과 불고기, 스테이크와 와인 등
- ○ 열, 음식을 먹을 때 누구에게 감사하나요? (예시) 감사한 적 없다. 나, 엄마, 요리해준 사람, 농부, 자연, 땅….

5

내멋대로 하고 싶지만 평판은 무섭고

1. 술집 여자의 비밀

어느 날 친한 후배가 걱정스러운 목소리로 전화했다. 네이버에 천년식향이 '술집'으로 등록되어 있다고 빨리 수정하란다. 술집이 어때서? 술은 커피, 담배처럼 개인 취향이다. "술집 맞다"고 대답했다. "선배, 술집 여자야? 아니잖아?" 결국 지인들의 우려 속에 영어로 와인바, 오죽했으면 와인도 발효이니 '발효 바(fermentation bar)'로 명시했다.

이처럼 내가 아는 많은 여자사람 친구들은 '술집'이라는 명명에 기겁한다. 커피와 콜라는 마셔도 술은 잘 마시지 않는다. 소주, 막걸리는 당연하고, 과일 발효 쥬스인 내추럴 와인 한 모금도 마시지 않는다. 마시면 죽을 것처럼 저항하는 여사친도 있다. 처음에 린이 엠버 와인을 이야기했을 때 솔직히 술을 잘 먹는 나도 고민이 많았다. 주변 여성들의 술에 대한 태도 그리고 '술 먹는' 여성에 대한 평가를 알고 있기 때문이다. 그렇다면 왜 한국에서 술집은 유흥, 건전하지 않은 사업이라고 생각하는 것일까?

나는 호기심에 조심스럽게 묻는다.

왜 한국에서 술집은 유흥, 건전하지 않은 사업이라고 생각하는 것일까?

"와인을 왜 마시나요?"

"왜 안 마시는지요?"

"혹 안 드신다면 이유를 말씀해 주실 수 있을까요?"

다들 답을 모른다. 안 마시는 이유가 너무 많다고도 하고, 정확한 이유를 생각하지 않았다고도 한다. 그냥 안 마신다는 얘기도 있었다.

그렇다면 설문조사를 하고 싶다. 와인은 요리가 아니라 생각하는 걸까? 요리가 아니라서 비용을 아깝게 생각하는 걸까? 다음날 숙취가 부담스럽기 때문일까? 자주 마셔보지 않아서일까? 건강에 좋지 않기 때문일까? 소주와 곱창 그리고 치맥 등이 자연스럽게 미디어에 등장하지만, 와인은 특별한 부, 사치, 격식, 향락이라는 의미와 연관되어서일까?

한 여성으로서, 내추럴 와인을 좋아한다고 말하면 누군가는 이런 이미지를 연상한다.

리버럴하다? 개방적이다? 편하게 친구하고 싶다?

어찌 보면 멋진 말이지만, 사실 술 먹는 여성에 대한 평판은 그리 너그럽지 않다. 특히 막걸리, 위스키, 코냑 등 남성의 술로 여겨지는 것을 여성이 잘 마시면 좋게 말해 '대단하다'는 얘기나 듣는다. 그나마 소주와 맥주는 '소맥'으로 퇴근 후 여성들도 마시지만 선술집에서 파는 소주는 여성의 '청상'이나 불쌍함, 비련을 상징하기도 한다.

린(30세 여성)이 내추럴 와인을 좋아하는 이유는 달콤함, 향기로움, 기분 좋음, 발효의 느낌, 소화기 효능감, 사색과 멍때림, 5시간 동안 분석력 토론력 상승, 그리고 그 다음 날 날아갈 것 같은 컨디션 때문이란다. 내(57세 여성)가 와인을 마시는 이유는 '살아있음'을 느끼게 해주기 때문이다. 또 나를 업(up)시켜주기 때문이다. 나를 '술집 여자'라고 불러도 좋다. 와인을 사치라고 불러도 좋다. 그 효용은 분명하므로.

어느 날 손님에게 싱그러운 수박 세비체와 잘 어울리는 와인, 펫낫을 소개한 적이 있다. 놀랍게도 수박 주스와 핑크 구아바 주스 맛이다. 와인 못 먹는 손님에게 '서비스'로 이 와인을 주었더니, 나중에 와인 보틀을 사가지고 갔다. 이제까지 이런 와인은 처음이었다고. 결국 와인은 몰라서 안 먹은 것이었다.

보통 와인을 싫어하는 이유 중 하나가 바로 알코올 맛 때문인데 천년식향의 내추럴 와인 컬렉션 중에는 수박 주스같이 알콜 향이 전혀 없는 와인이 정말 많다. 린 또한 술을 싫어했는데 주스 같은 와인을 마실 때면, 과연 술을 싫어하는 것이 아니라 알콜 향이 싫은 것이었음을 알게 되었단다. 소주처럼 취하는 것이 아니라 기분이 수박 주스같이 통통 튀는 그 느낌, 내추럴 와인을 마신 분들은 공감할 것이다.

백포도의 껍질까지 함께 발효(skin-contact)하여, 색이 오렌지 또는 호박색인 오렌지 엠버 와인은, 백포도의 껍질과 줄기까지 버리지 않는 제로 웨이스트와 발효(fermentation) 요리를 추구하는 천년식향의 가치와 일맥상통한다. 또 껍질과 함께 발효했기에 레드 와인에서 느낄 수 있는 탄닌감도 있어, 맛과 향이 훨씬 풍부하다. 리치한 천년식향의 요리와 페

된장과 간장을 직접 만드는 린 셰프. 포도를 발효하는 와인은 발효한 된장과 다를 바가 없다. 그런데 와인은 왜 사치스럽고, 된장은 왜 소박하다는 것일까.

어링 되었을 때, 혀끝에서 느껴지는 황홀감을 맛볼 수 있다. 열대과일 향이 나는 풍부한 오렌지 와인부터 오크 향이 나는 중후한 오렌지 와인까지, 자신의 취향에 맞는 오렌지, 엠버 와인에 퐁당 빠져보기를 진정으로 권한다.

린은 직접 간장과 된장을 만들다 보니 첨가물 없이 직접 만든 포도 발효 요리, 곧 내추럴 와인이 더 특별하다고 느꼈단다. 와인 분석과 토론을 위해 무료 와인 시음회(Free Wine Day)라도 열고 싶다고 한다. 그래서 '토론 친구'들을 사귈 수만 있다면 무료(Free)도 감수하고 싶은 그녀는, 사치스러운가? 자연 발효를 사랑하는 천년식향에게, 내추럴 와인은 '술'이기 전에, 시간과 정성이 담긴 발효 요리이다. 고기와 해산물과의 와인 페어링 대신, 채소와의 와인 페어링, 그 사치의 혁신을 위해 오늘도 전진한다.

2. 음란한 와인의 조신한 맛

음란한 와인? 실제로 마셔보면 조신하기 이를 데 없다. 내추럴 와인 수입사 '엠버&처빌'이 수입한 이 맛있는 와인은 라벨이 '여성의 몸'을 연상(관세사님 표현)시킨다는 식품표시광고법 심의위원의 판단으로 하얀색 스티커로 가려져 입고되었다. 천년식향에 오면 하얗게 가려져 있는, 참으로 '음란하지 않은' 와인을 만날 수 있다.

와이너리(@vinhos_aprt3)가 자신의 철학과 예술에 따라 디자인하고, 와이너리의 초등학생 딸이 붙여준 와인 라벨인데, 식약처 심의위원들에게 문제 있다고 판단되다니…. 납득할 수 없었다. 그러나 식품의약품안전처에 '식품 등의 표시 또는 광고 심의 이의신청'을 하면 몇 개월 시간이 걸릴 것 같아 우선 하라는 대로 해서 입고했다.

〈식품 등의 표시 · 광고에 관한 법률〉 제8조에 따르면, 다음과 같은 광고는 해서는 안 된다.

〈식품 등의 표시·광고에 관한 법률〉에 따라 라벨에 스티커가 붙은 젠3시스 와인. 맛은 무척 조신하다.

4. 거짓 · 과장된 표시 또는 광고

5. 소비자를 기만하는 표시 또는 광고

8. 사행심을 조장하거나 음란한 표현을 사용하여 공중도덕이나 사회윤리를 현저하게 침해하는 표시 또는 광고

이 젠3시스 와인의 경우, 그 디자인이 무엇을 "거짓", "과장", "기만"한 것이 아니라면, 이 라벨이 여성의 몸(?)인지, 치킨인지는 보는 사람의 주관적 해석이 아닌가. 나는 처음 보았을 때 포도 씨앗 단면이라고 생각했다. 혹 특정 집단이 여성의 몸으로 인지하였을지라도, 그것이 "음란한 표현을 사용하여 공중도덕이나 사회윤리를 현저하게 침해하는 표시 또는 광고"에 해당하는 게 되는가.

한때 레깅스도 몸이 드러나 사람들을 어지럽힌다고 갑론을박이 많았다. 그렇다면 여성의 몸은 곧 누구에게나 과하게 욕심나게 하는 것이며 어지럽게 하는 것, 음탕하고 난잡한 것, 곧 음란한 것이 된다. 그러나 여성의 몸은 자신의 것이며, 남을 어지럽히는 무엇이 아니다. 문제는 여성의 몸을 조신함의 영역에, 즉 누군가의 소유라는 틀 안에 가둘 때 생긴다. 그때부터 그것은 특정한 사람을 즐겁게 하는 대상 아니면 음란한 대상으로 이분화된다.

진정으로 공중도덕이나 사회윤리를 침해하는 것은 신당동 살해사건이나 지하철에서 남의 몸을 만지고 촬영하는 것 등이 아닐까. 스티커로 라벨을 가리는 것이 과연 공중도덕일까. 예술표현과 상표표현의 경계, 즉 '표현의 자유'의 철학에 대해 논의하고 싶다.

천년식향 tmi

① 음란해서인지 아니면 음란한데 조신해서인지, 크리스마스 때 이 와인이 가장 많이 팔렸다. 어떤 커플은 스티커 떼는 것을 실패하여 새 병을 추가하기도 했다. 이렇게까지 사진을 찍어야 하나? 혀를 차는 나는 역시 꼰대인가도 싶다. 순간 한 병 더 팔고 싶었지만 그것은 양심에 어긋난다. 나는 다른 손님이 놓고 간, 하얀 라벨이 벗겨져 있는 와인 병을 갖다주었고 그 손님은 그것으로 사진을 찍고 나갔다.

② 음식관련 기관 퇴직공무원이 오셔서 '음란한 와인' 이야기를 했더니 어디 식약청인지 묻는다. 그리고 '나처럼 나이 든 사람도 이 라벨이 음란하다고 생각하지 않는다며 하얀 라벨 부착이 과하다'고 한다. 요즘 젊은 공무원이 보기와 다르게 원칙적이라 그런 것 같다며 이의신청의 팁을 주셨다. 손님으로 오셔서 하는 위로의 말인지, 정말로 요즘 젊은 공무원이 꽉 막혔는지 모르겠다.

3. 설명 거부 메뉴, "섹스…."

"어째서 음식 이름에 섹스…를 넣은 거죠?"

질문이 예사롭지 않다. 잘못하면 싸울 기세다. 맞은편에 앉은 손님은 동행을 눈빛으로 말린다. 육식주의자의 당근 요리 'Better than Sex', 그리고 인기 스테이크 메뉴 'Sex & Steak'는 이처럼 논쟁적이다. 어떤 손님은 그냥 부끄러워하기도 한다. 어떤 손님은 까르르 웃기 시작한다. 또는 손가락으로 '이것이요' 하고 가리키며 메뉴는 말하지 않는다. 미리 전화로 "부모님 모시고 가니 SEX 들어간 그 메뉴 설명하지 말아 달라"고 요청하기도 한다. 섹스가 '별것은 별것'인가보다.

나는 왜 메뉴명이 섹스인지 손님이 질문하면 기다렸다는 듯 설명한다. 당근과 섹스를 연결할 때 손님에게선 순간의 당혹감이 느껴진다.

나 역시 '30초 안에 설명을 잘할 수 있을까?' 하고 순간 긴장한다. 다른 직원에게 전수할 설명 매뉴얼은 없다. 직원들은 그냥 일명 '좋은 것'이라고 알려진 섹스보다 더 맛있는, 더 좋은 당근이라고 전달할 뿐이

당근 요리, 'Better Than Sex'

다. 내 설명을 들어도 어떤 손님들은 굳이 요리 작명에까지 '그것'을 들먹일 필요가 있는지 불편해하곤 한다. 이해한다. '섹스'에 대한 한국인들의 통념을 고려하면 먹는 음식에 그런 이름을 붙이는 게 불편할 수도 있다. 섹스는 생물학적 욕구이며 아이를 낳는 중요한 '생식' 작용이라는 고전적인 이해 이전에 일단 금기시되는 용어니까 말이다.

이 '베터 댄 섹스'는 개업 초기 당근을 싫어한다던 남성 손님이 붙여준 이름이다. 5시간 이상 저온조리로 당근의 '육질'을 관능적으로 살린 이 요리를 맛보며, 친구 따라 천년식향에 온 그 손님은 "고기 같은데 고기가 아니라 당근이라니…. 섹스보다 더 좋다"라고 순간 말하고 말았다. 그 남자의 눈빛이 떠오른다. 따지자면 '돈보다 더 좋다'라든가 다른 것과 비교할 수도 있었겠지만, 굳이 섹스라는 말이 나온 것은 어째서였을까. 출입구에 붙어 있는 4층 연구소 'Sex & Steak'[34]의 이름에서 연상된 게 아닐까 하는 추론도 그럴듯하다.

그러나 섹스와 먹는 것의 공통점은 의외로 많으면서 또 강렬하다.

성은 생식 방법이라는 고전적인 뜻 말고도 우리의 존재, 관계, 욕망을 정의하기도 합니다. 성을 통해 우리는 사회와 나 자신을 알아가지요. 새로운 요

34 천년식향 Sex & Steak 연구소에서 음식과 성 관련 연구 및 상담을 하고 있다. 거식이나 폭식 등의 식이 이상은 섹스(연애) 중독, 다이어트와 외모, 관계 스트레스, 인정과 소통 등과 밀접한 관련이 있다.

리를 먹을 때 그 요리를 알아가는 것처럼, 그리고 그 요리를 맛있게 먹는 나를 통해 나의, 그리고 이 사회의 욕망을 알게 되는 것처럼요. 음식에도 섹스만큼이나 무수한 의미가 들어 있습니다. 나는 무엇을 먹고, 어떻게 관계를 맺는지, 그리고 그것을 통해 무엇이 (비)정상이고 (탈)규범인지…. 결국 이 두 가지는 내가 누구인지를 무엇보다 잘 말해주는 것들이죠.

일단 섹스와 그에 대한 이야기가 재미있는 것처럼, 키스, 그리고 심지어 불륜 얘기가 재미있는 것처럼, 먹는 것과 그에 대한 이야기도 그렇다. 그리고 섹스가 '쾌락'인 동시에, '정체성(이성애자, 동성애자 등 자신을 표현하는 방식)' 그리고 '지향'(Sexless도 '성적 지향'일 수도 있다)이기도 한 것처럼, 음식 역시 그렇다. 섹스와 음식 둘 다 생존이기도, 욕망이기도, 자신을 표현하는 문화이고 취향이고 양식(fashion)이기도 하다.

비건도 다 같은 모습의 비건은 아니다. 일체의 고기를 포함하지 않는 사람들부터, 같은 채식 중심 식단이라도 생선이나 유제품의 여부 등에 따라 다양하게 분류[35]된다. 어떤 음식을 먹거나 먹지 않는 것은 오래전부터 종교나 문화적 정체성의 중요한 요소이기도 했다.

자신의 선택으로 만족을 느끼면서 그 선택을 개인적으로 책임질 수 있으면 그만일 것 같지만, 실은 음식이나 섹스는 개인적인 선택 이상의

---

35 음식 선택/지향 관련 분류로 기존에 많이 인용되었던 기존 삼각형 도표는 정치적, 윤리적 위계를 표현하는 것 같아 나는 기존의 삼각형이 아니라 그 분류를 경계가 모호한 스펙트럼 라운드(264쪽 참고)로 표현한다.

무언가다.

성적 자기 결정권으로 자신의 섹스를 결정할 수 있다고는 하지만, 어떤 섹스는 은밀한 비밀, 쾌락, 동시에 위험일 수도 있다. 어떤 섹스(가령 성인과 미성년과의)는 개인의 선택과 동의로 이루어졌다 한들 사회로부터 인정받지 못한다. 마찬가지로 음식 역시 때로는 위험한 쾌락이 된다. 음식에 대한 모든 선택이 자유로워 보이는 한국 사회에서도 그 위험이 사라지는 건 아니다. 당과 육식이 주는 쾌락은 과식 또는 불균형한 식사로 이어질 때 개인의 건강을 위협한다. 그리고 지구 전체의 건강 역시 그런 쾌락 때문에 지금 무척 위험한 상태다. 천년식향의 떡갈비 요리 이름을 'Pleasure & Danger'로 지으며 음식은 우리에게 즐거움이기도 하지만 사회와의 관계 맺음의 방식에 따라 가끔은 위험한 관계 방식이라는 점을 드러내고 싶었다.

이처럼 섹스와 음식은 공통점이 있다. 그래서 둘을 연결하여 설명하면 이해가 빠르다. 나는 어떤 음식을 (안) 먹고, 어떤 섹스를 (안) 할 때 우리가 조금 더 행복하고, 더 지속가능해진다는 점을 이야기한다. 또 메뉴판의 '섹스'처럼 꺼려질 수 있는 주제인 동물의 삶과 지구의 건강, 그리고 그것 때문에 우리가 감내해야 할 불편도 이야기한다. 그래서 '섹스& 스테이크' 라는 손님의 감탄에서, '쉬쉬'거리는 이야기들이, 서로 충돌할 수 있는 이야기들이, 맛있게 소통하는 과정에서 가시화될 것이라는 기대를 품는다. 단순히 숨겨서 될 것이 아니라, 이러한 이야기를 자유롭게 이야기할 수 있을 때, 누군가의 '고통'과 '소수자' '비정상'이 인정되고, 그것이 문제 해결의 시작이 될 것이라는 희망을 그렇게 메뉴판에 담았다.

채소와 섹스의 사회적 연관을 손님이 이해하기 어려워하는 것 같다면, 익숙한 맛도 좋지만 새로운 맛을 탐색해보시라고 권한다. 그러다 보면 살포시하게 숨겨져 있는, 때로는 강하고 분노스러운 나의 욕망도 알게 되니까. 신선한 당근이 5시간 불 속에서 어떻게 다른 맛이 될 수 있을지 상상해보는 즐거움은 크다.

이처럼 나만이 알고 있는 복합적인 욕망은 부끄럽기도, 좋기도, 숨기고 싶기도 한 것이다. 당근 맛의 다채로움은 다들 쉽게 이야기하면서도, 섹스의 다채로움에 대해서는 각각의 상상 속에만 남겨놓을 뿐 잘 말하지 않는다. 천년식향은 각 요리의 다채로움처럼 섹스의 다채로움 그리고 삶의 다채로움이 표현되기를 소망한다. 또 표현하지 않더라도 스스로 알기를 원한다. 자신을 안다고 세상이 금방 변화되지는 않지만, 자신을 모르는 것보다 알게 되는 과정에서 변화는 어느 날 계단처럼, 평평하다 수직으로, 폭발적으로 일어난다.

그럼에도 한국에서 섹스란 여전히 문제적 단어인지, 섹스 마케팅을 한다는 비판도 있다. 홀을 책임지는 나의 Ph.D. Sexuality(욕망/ 정체성 탐구하는 인문학)[36] 전공이 왠지 잘난 척하는 것 같다는 얘기도 있다. 다 좋다. 그 덕분에 손님들이 메뉴의 섹스와 음식의 연관성을 더 잘 이해해준

---

36 나는 경험 데이터로 성을 설명하는 성과학자(sexology)는 아니다.

다면 고마울 뿐이다. 'Better than Sex', 'Kiss with the Snow White', 이렇게 섹슈얼리티와 만나는 음식의 스토리는 섬세하고 정갈한 파인 다이닝보다 '비정형 다이닝 바' 문화를 추구하는 천년식향의 자세와 잘 어울린다고 생각한다.

천년식향 tmi

① 한국에서는 섹스리스 부부에게 '상담을 받아보라'고 말합니다.

꼭 섹스를 하는 부부만이 정상인 것처럼.

또 한국에서는 고기를 먹지 않으면

"영양이 부실할 것 같다" "힘이 약할 것 같다"

동시에

"건강할 것 같다", "맛없을 것 같다"

"슴슴하고 재미없을 것 같다"고 합니다.

부모님의 섹스로 존재하는 많은 분들이

부모님 앞에서 그 이야기는 금기하는 것처럼 말이죠.

태초부터 불편한 것은 없습니다.

현재의 권력 체계 안에서

섹슈얼리티, 비건, 내추럴은

새롭게 명명되고 때로는 불편하게 만들어집니다.

② 오늘은 줄리안*의 소개로, 354 비건 특집으로 5명의 연예인들이 맛있게 음식을 먹고 갔다. 섹스 관련 그들의 맛깔스러운 스토리텔링도 좋았지만 비건에 대한 의미있는 대화가 많았다. 특히 줄리안은 고맙다. 한국말을 유창하게 잘하는 외국인이 환경 운동에 열심이니 효과도 있을 것이다. 또 비건 음식을 맛있게 먹고 좋아하는 유명 연예인이 비건을 알리니 비건 알리미로도 제격이다.

* 줄리안은 벨기에 출신의 연예인으로 육식의 폐해를 알면서 비건이 되었단다. 최근 주한외국인지원봉사센터를 만들어 환경문제 해결을 위해 애쓰고 있으며 2023년 대한민국녹색기후상 시민부분 우수상을 받았다.

4. 손님들의 오묘한 밀당

'훌륭한' 여성리더가 되기 위해 꼭 배워야 할 것이 있다. 바로 술이다. 자신을 이기는 술, 술 먹고도 '꽐라'가 되는 대신 주변 사람을 택시 태워주는 돌봄 이후 그리고 당당하게 집으로 가는 술 실력은, 남녀노소 칭찬하는 여성의 미덕(?)이 된다. 어쩌면 승진하기 위한 필수조건으로도 여겨진다. 슬프지만 사실이다. 남성이랑 같이 즐겁게 술을 먹는데 취하지 않는 여성은 멋지기 때문이다. 그리고 편하다. 물론 소맥 제조도 큰 몫을 한다. 드라마에 가끔 나오는 '소맥 제조를 잘하는 여성'은 그것으로 '끝판왕'이다. 그것도 아니라면 술을 못 먹어서 집으로 가도 괜찮은, '약한 여자' 연기를 그럴듯하게 해낼 것이 요구된다.

물론 술을 안 먹는 선택도 당연히 존중받아야 한다. 하지만 만약 술이 관계를 부드럽게 해줄 수 있다면, 그렇다면 먹어도 괜찮은 것이 술이다. 술을 배운다면 먼저 자신의 주량을 알아야 한다. 자신의 술실력, 술버릇을 솔직하게 말하는 것도 필요하다. 누구에게 보이기 위해서가 아니라 자신을 위한 우아한 한잔, 또는 상호 즐기는 한잔일 때 여성은 당당하게 '유리바닥'에서 살아남을 수 있다.

그래서 그런지 자유로운 천년식향의 손님들은 거의 여자들이어서, 남성 모임이 있으면 반갑다. 그래서인지 남성들이 들어오면 꼭 (실례인 줄 알지만) 묻는다. 다른 곳이 아니라 천년식향에 왜 오셨는지, 바보 같은 질문이지만 그렇게 묻는다. 그들은 이상하다는 듯 '우리들(남자들)이 오면 안 되나요?' 우문현답이다.

그런데 유심히 보면, 남자 손님과 여자 손님 사이에는 큰 차이가 있다. 물론 서투른 일반화이긴 하다. 가족 모임의 경우, 같은 비용에서 가장 합리적인 방식으로 주문 메뉴를 고려하는 이는 누구일까? 여성이다. 사전에 메뉴를 정해서 오는 손님도, 좀 많이 시키는 듯하면 자제시키는 자도 대부분 여성이다. 마지막에 메뉴를 결정하는 것도 여성이다. 남성이 와인 마시겠다고 할 때 마시지 못하게 하는 것도 여성이다. 가족 모임에서는 여성, 엄마와 딸이 결정권자다. 썸 타는 커플과는 다른 광경이다.

재미있는 것은 여성 손님은, 돈이 없거나 비싸다는 이야기는 절대로 하지 않는다. 단골이 아니면 언제나 우아한 손님들이다. 술을 못 먹는다. 양이 적다…. 등으로 완곡어법을 쓴다. 가성비를 따지며 절대로 과용하지 않는다. 미리 다 알아보고 오지만 그래도 주문하는 데 적어도 30분은 족히 걸린다. 솔직히 바쁠 때는 가슴이 터질 것 같기도 했다. 요즘은 적은 손님만 예약제로 운영하기에 메뉴 선택에 1시간 걸려도 좋다. 물론 여성 손님에게 배운 가성비 메뉴도 많다. 이렇게 먹으면 가장 합리적이라는 답변을 배워, 선택을 어려워하는 다른 손님에게 권하기도 한다.

여자 손님들이 좋아하는 가게는 절대로 매상이 오를 수 없다는 것은 웃픈 진실이다. 처음에 나는 '나와 달리' 그들이 까다롭게 메뉴를 고르는 것으로 알았다. 그러나 그것만은 아니었다. 바로 '비용' 때문이었다. 물론 돈이 없다는 이야기는 절대로 하지 않는다. 언제나 우아하게, 와인을 못 마신다는 이야기부터 한다.

반면 남자 집단들은 처음부터 '깐다'. 대놓고 비싸다고 하며 자신의 요구사항을 이야기한다. "여자 없이 왔는데 와인을 먹기 힘들다. 그러니 원 글라스, 아니 5명이니 원 바틀 먹고 갈 테니까 가장 저렴한 것 달라…." 그냥 날것 그대로 요청한다. 방문 이유로는 특별한 공간이라 하니 한번 와봤다는 답변이 많다. 어쨌든 이 가격이면 여자와 같이 와야 하니, 절대로 비싼 와인은 남자들끼리 먹을 수 없단다.

물론 여성과 같이 오는 남자 손님은 속으로는 계산에 바쁠지라도 겉으로는 여유 있는 남자인 척한다. 그래서인지 어떤 손님은 여자와 같이 오기 전에 답사하러 온다. 미리 돈을 내고 가기도 한다. 절대로 비싼 것 권하지 말라고 신신당부한다. 대체 그들은 무슨 체면을 차리는 것일까? 사실 나도 아들이 있는지라 그 마음은 상상이 간다. 그러다 보니 어느 가게나 좋아하는 손님은 남녀 커플이란다. 남자 체면을 살리면서 아름다운 여성을 칭송하면 매상이 오른다는 팁도 있다. 여자가 이쁠수록 남자가 돈을 많이 쓴다는데 정말 사실일까? 물론 대부분의 비용이 술값이다.

한편 인스타 DM으로는 아름다운 여성과 같이 오는 남성이 식사 비용을 내야 하는지를 궁금해하는 질문도 있었다.

천년식향이 아름답고 귀한 가치 있는 재료로 또 맞춤형으로 환대받아 가격이 비싼 것은 이해한다. 공간이나 음식의 아름다움 노동에 대한 인정으로 비싸도 지불한다. 그렇다면 여성의 꾸밈 노동은 어떻게 그 가치를 인정받아야 하는지요?

20대 후반으로 보이는 손님이었다. 예쁘게 하기 위한 노력은 본인의 행복과 선택이고, 상호 돌아가며 내거나 내돈내산으로 더치페이를 하면 되는데 왜 문제가 되는지 되묻자, '주변의 여사친들이 자기에게 충고하기를' 와인바에서 자기 돈 내고 먹는 것은 바보다, 데이트를 위한 엄청난 수고를 들여 예쁘게 하고 갔으니 돈을 내지 않아도 된다, 그런 논리를 폈다는 것이다.

나의 생각은 이랬다. 외모 가꾸기는 본인의 선택이다. 또 어떤 자리에 가는 것도 자유고, 그에 따라 그 행위에 대한 책임을 지면 된다. 외모 가꾸기가 번거로울 때는 자신이 생각하는 공간와 관계에 대한 최소한의 외모 가꾸기를 하면 된다. 그렇다고 그것을 데이트 비용으로 퉁치는 것은 아무리 생각해도 공정하지 않다. 물론 특정 성에게만 어떤 외모를 요구하는 사회는 분명 문제이며, 그것에 저항해야 하지만.

어쩌면 이제는 이러한 행위들이 여성들의 당연한 '몸의 습관'이 되어 버린 것 같다. 때로는 여자이니 당연히 지켜야 할 규범, 해야 할 것으로 권장받는다. 혹 여성으로 지켜야 할 그 '평판(reputation)' 때문에 오히려 딛고 있는 바닥이 더 미끄러워지고 있는 것은 아닐지, 그래서 과하게 조심하고 있지는 않는지? 그러나 정말 여성 직장인에게 소문, 평판은 무섭다. 가게 입장에서 댓글이 무서운 것처럼.

천년식향 tmi

우아한 내숭보다 단단한 마이웨이 인정하기

① 상냥하고 따뜻하게 비판하기 (괴팍하게 단도직입적으로 비판해도 카리스마라고 인정받고 싶어요)

② 외모 관리 하기 (화장 안하고 머리 삭발해도 인기 많은 리더 되고 싶어요)

③ 주변 남성 동료, 상사의 요청을 살포시 돌려서 거절하기 (냉정하게 거절해도 예민하다는 얘기보다 확실한 리더라고 칭찬받고 싶어요)

④ 섹스 이야기 안 하기 (섹스 이야기 마음껏 해도 난잡한 꽃뱀 오해 안 받고 솔직한 리더라고 인정받고 싶어요)

⑤ 진탕 술 먹지 않고 조금만 우아하게 마시기 (술 먹고 꽐라 되도, 성희롱 안 당하고 평판 유지하고 싶어요)

5. 서버와 셰프, 기대수준은 어디일까?

교수로서 학생들을 가르칠 때는 물론, 공무원으로서 민원인 상담 시에는 느껴보지 못했던 이 굴욕감. 어디에서 오는 것일까. 2020년 6월 천년식향에서 일하기 전에는 소상공인의 현실을 몰랐다. 5년 안에 자영업자 대부분이 폐업한다는 잔혹한 통계 앞에서도 나는 그에 해당하지 않을 것이라며 감히 생각했다. 35년 경력의 종부(엉터리라서 아무도 믿지 않지만)로서, 종갓집에 오는 손님 반기듯이 편안하게 접대하면 된다고 단순하게 생각한 것이리라.

운영관리, 곧 사장 일이란 직원 펑크 때우는 것을 비롯해 모든 일을 전천후로 해야 하는 것을 몰랐다. "전문 서버가 아니라서 음식값이 아깝다"는 평가를 들을 때면 나의 부족함에 대해 생각하고 또 생각했다. 그럼에도 코로나 심화로 결국 홀을 홀로 책임지며, "여기요!" "아줌마!" "사장님!"이라고 부르는 손님들을 오롯이 마주하며, 나의 역할이 무엇인지 심층적인 고민이 안 들 수가 없었다. 우리 사회에서 교수는 교수님이라고 부르지 않으면 큰일 날 것 같지만, 서버[37]라는 직함은 대충 호칭해도 된다. 서버 앞에서는 다들 과도한 자신감이 넘친다.

교수나 공무원도 학생들이나 민원인의 비판적인 평가와 마주할 때가 있긴 하다. 하지만 내가 그때 비판에 그렇게 신경 쓰지 않았던 이유는 아마 '숨을 곳'이 있어서였을 것이다. 그저 자신의 실력만 있으면 된다고 생각했지만, 이것 또한 권력자의 자세가 아니었나 자성한다. 그러나 전문 서버라고 해서, 손님에게 입안의 혀처럼 굴며 손님을 왕으로 모시거나, 돈을 벌기 위해 어떤 일이든 해야 하는 미천한 존재는 아니다. 만약 그렇다면, 누가 '전문 서버'를 자신의 꿈으로 삼고 싶어할까. 하지만 서버에게 주어진 현실은 때로 그 이상으로 녹록치 않다. 한국의 다이닝 문화에서 '전문 서버'에게 기대되는 덕목은 무엇일까?

3년 동안 생각한 바로, 서버의 가장 중요한 자질은 '진정성', 또는 예의를 지키는 솔직함이다. 손님이 무엇을 원하는지 고려하면서, 가게의 원칙과 인간(직원 포함)의 존엄을 지키는 것 역시 그에 포함된다. 흔히 레스토랑에서 볼 수 있는 기계적인 서비스보다는, 쾌활함 안에 품은 진정성으로 다가가려고 노력한다. 물론 이러한 태도는 당연하며 때로는 건방지고 오만해 보여 불쾌할 수도 있다. 나는 나이가 들어서인지 사장님이라고 부르는데, 오히려 그래서인지 나이든 어르신이 서빙을 하니 불편하다는 의견이 많다.

---

37 나는 천년식향에서 일하면서 '서버'라는 영어 단어로 종업원을 부르는 것을 알게 되었다. 언니, 이모, 아줌마보다 더 세련된 용어가 서버란다. 음식을 손님에게 갖다주는 사람은 서버, 요리하는 사람은 셰프로 부른다. 단 조리사 자격증이 없는데 조리사라는 명칭은 쓰지 못한다(3백만 원 이하의 벌금)

손님을 안내하는 프로비던스의 셰프. 이렇게 대화해야 돈을 번다.

한편 셰프는 서버와 같은 가게 안에 있어도 다른 '급'을 가졌다고 여겨지기도 한다. 한마디로 서로 위계가 다르다는 것이다. 특히 '스타 셰프'와 서버는 하늘과 땅이다. 언론에 매일 노출되는 인플루언서? 손님 접대를 위해 모든 것을 지시, 통제하는 주방의 절대권력자? 요리의 모든 것을 전문적으로 전수하는 사람? 실제로 셰프가 스타가 되고 전문가가 되기는 생각보다 무척 어렵다. 맛을 내는 능력은 기본이고 언변, 외모, 인품, 자본, 네트워킹, 그리고 사회적 권력까지 대부분 갖추어야 한다.

같은 키친 안에 있어도 셰프라는 지위를 갖지 못하는 사람들도 있다. 프렙(요리의 사전 준비를 담당하는 직원)이 그렇다. 설거지, 청소 등과 음식을 만드는 일 중 어떤 것은 셰프의 일로, 어떤 일은 프렙의 일로 분리되어 있다. 위계적인 임금과 지위 구조를 만들어 놓으면, 스탭들은 '실수 없이' 음식을 만들고 손님을 접대할 수 있게 된다고 주장하는 사람들도

화기애애한 분위기에 프로페셔널함까지 갖춘, LA 프로비던스에서는 헤드 셰프가 직접 설거지를 한다.

있다. 그런데 설령 그 말이 사실이라고 해도, 그 구조로 인해 지속가능한 노동은 어려워진다.

가끔 손님들이 안백린 셰프가 어디 있는지 묻는다. 외부의 다른 일정이나 옥상에서 페인트나 대패질, 때로는 설거지를 하고 있어 인사를 못 할 때가 많다. 린은 손님과 직접 이야기하는 것보다 식당 일의 마무리인 설거지를 선호하기도 한다. 설거지를 하면서 하루를 완성하는 듯한 쾌감도 있지만, 그 시간에 직원들이 다른 일을 배우면 더 효율적이기도 하단다. 물론 모든 셰프가 꼭 설거지를 해야 하는 것도 아니며, 설거지한다고 해서 꼭 훌륭한 셰프가 되는 것도 아니다. 하지만 음식을 만들고 먹으면 설거지는 누군가가 꼭 해야 하나 '설거지=주방보조'라는 공식이나 설거지가 막내가 하는 궂은 일로 취급되는 모습은 벗어나고 싶었다. 이처럼 천년식향은, 직원은 설거지 같은 단순노동을 하는 주방보조, (오너)셰프는 지시와 통제를 하는 위계적, 이분법적 키친을 지양한다.

누구나 함께 음식을 만들고 같이 먹고 설거지도 하는 키친을 꿈꾼다고 이야기하면, 어떤 이에게는 그것이 현실을 모르는 꿈나라 이야기로 들릴지도 모른다. 그렇게 비현실적이고, 어쩌면 비효율적일 수도 있겠지만, 린은 오늘도 '함께하는 스타 셰프'를 꿈꾼다. LA 미슐랭 투스타 프로비던스(@providencela)의 헤드 셰프는 그곳의 설거지 담당으로 시작해 최고의 자리에 올랐다고 한다. 설거지부터 모든 과정을 이해하는 셰프여서 그런지, 그곳 주방은 화기애애한 분위기에 프로페셔널함까지 갖춘, 정말 한국적 환경에서는 보기 드문 신기한 모습이라고 들었다. 과연 한국도 가능할 것인가? 곧 가능하리라고 믿는다.

정직한 평판/홍보관리 십계명

평판은 원칙을 통해 만들어져야 한다. 그러나 현실의 기준은 원칙보다 고정관념, 때로는 제멋대로인 리뷰일 때가 많다. 그래서 멋진 마이웨이 원칙도 예민한 '잘난 척'으로 이해될 위험성이 있고, 업장은 좋은 것이 좋다는 방향으로 선회하기 쉽다. 천년식향의 정직한 평판을 위해 홍보원칙을 소개한다. 동시에 '니멋대로 리뷰(평판)'에 버틸 강한 멘탈관리를 주장한다.

1. 환경 관련 NGO의 기후위기 활동, ESG 기업 이미지 제고, 비건 요리 소개 등의 의뢰를 받으면, 기관의 요청 목적과 자본 구조를 파악하여 홍보에 응한다.
2. NGO의 경우 적극적으로 상호협력하나, 예산 지원이 있는 경우 '회계질서'를 지킨다.
3. 기업의 경우 소요 시간과 공간 대관, 펀드 협찬 여부에 따른 비용 기준을 만든다.
4. '사실과 다른' 칭찬 일색의 홍보는 지양하며 천년식향의 목적에 맞게 기획부터 관여한다.
5. 외부기관과 인터뷰한 후에는 편집본을 다시 확인한다(정확하게 기록한 것인지를 확인하는 것임에도 거절하는 경우가 많았다. 그러면 섭외 단계에서 거절한다).
6. 비상업용으로 크레딧 걸고 사용을 위한 촬영분 업로드를 요청하고 기관의 홍보내용이 릴리즈되면 다시 천년식향에서 재공유한다(그러나 이 요청도 싫어한다. 상대방이 귀찮아서 거절할 수도 있지만 자신이 원하지 않은 촬영분 공유가 싫을 것이라고 린을 설득했다).
7. 공식문서로 위 내용을 공유한다. 때로는 공식문서 대신 상기 내용을 문자로 갈음한다.
8. 인터뷰 촬영 후 게재되지 않음에 대한 책임 여부를 문서화한다. 혹 홍보 및

촬영비용을 받고 그 이후 회사방침에 의해 실리지 않을 경우에는 저작권한이 없다. 그러나 저작권이 의뢰기관에 있을 때도 사후 게재 문제는 사전계약이 필요하다(홍보기간 명시).

9. 2시간 이상 인터뷰 또는 사진/영상 촬영이 무료로 진행될 경우 게재 여부 책임을 확실히 문서화한다. 물론 요리 비용은 받는다(통상 판매 단가를 재료비로 준다).

10. 필요한 경우 적절한 비용을 내고 자체 홍보한다. 인스타그램, 카카오톡, 페이스북, 블로그뿐만 아니라 이벤트, 팝업, 프로모션 등 다양한 자체 홍보전략을 실행한다. 물론 무엇보다 부정적 리뷰에 건딜 강한 멘탈이 무엇보다 중요하다

6

오지랖은 싫지만 왕은 되고 싶고?

1. 백반집 아줌마가 어때서요?

린은 나를 '천년식향의 자랑 변혜정 박사'라고 명명한다. 천년식향 소개 첫 페이지에 나를 홍보한다. 그러나 나는 참 부담스럽다. 스스로 나를 자랑이라고 생각한 적도 없으며 누구에게 인정받기 위해 애쓰지 않기 때문이다. 그냥 나는 나다. 그러나 블로그인지 네이버 리뷰인지에서 맛은 있지만 '백반집 아줌마 서빙'이라는 애정어린 비판(?)을 받기도 했다. '고집 센(?) 어르신' 서빙이라는 비아냥도 있었다.

댓글을 보지 않은 나는 스트레스도 없다. 그런다고 수정 보완도 하지 않는다. 그렇게 전혀 업그레이드가 없는 나에게 린은 엄청 화를 낸다. 지금 인스타 댓글에 엄마의 외모가 백반집 아줌마이며 서빙도 그 수준이라고 했다며 나더러 화려한 와인바에 가서 배우라는 것이다. 나는 생각한다. '무엇을 배우라는 것인가?'

백반집은 가장 정성 어린 음식과 푸짐한 반찬을 아낌없이, 그러나 죄송스러운 8,000원에 내주시는 정말 고마운 곳이다. 천년식향 뒤에 위

린 셰프가 제작한 금빛 명찰. 이 '명예'를 달고 나서, 신기하게도 정말 많은 사람들의 태도가 존중(?)으로 변하는 것을 목격했다.

치한 한 백반집의 친절함을 잊지 못해 직원들은 화려한 외식을 포기하고 의리를 지켜야 한다며 방문할 정도이다. 그 정도로 한국인들이 감사해 마땅한 게 백반집인데 오히려 영광이라 생각하면 생각했지, 왜 문제인가? 그런 생각만 하는 나를 린은 구박하기에 여념이 없다.

물론 '백반집 아줌마 서빙'이라는 워딩에 순간 나도 놀랐고, 무엇이 문제인지 생각했다. 내 외모가 그 정도인가? 내 서비스가 그 정도인가? 무엇을 고집부렸다는 걸까? 우아한 천년식향 공간에 어울리지 않은 촌스러운 아줌마 서빙이라서? 미슐랭 3스타 레스토랑 앞에서 당당하게 만세 부르고 있는 내 사진이 SNS에 올라간 적이 있었는데, 그래서 촌스러운 아줌마가 된 것일까?

혹시 정장 입은 잘 생기고 키 큰 남성이 서빙하면 갑자기 값진 요리가 되나 싶었다. 하긴 한국에서는 젊은 여성만 스튜어디스를 한다. 외국 항공사들처럼 나이 든 여성도 비행기에서 서비스 관리를 하지 못할 이유가 없는데 말이다.

절도 있는 태도는 내공에서 나오는 것이지 외양에서 비롯하는 것이 아니라고 믿었는데, 수많은 무시를 겪고 나자, 결국 나는 부끄러워하던 명찰을 요즘은 어쩔 수 없이 '가끔' 달고 다닌다. 그리고 신기하게도 정말 많은 사람들의 태도가 존중(?)으로 변하는 것을 목격했다. 다시 안 달고 다니니 '어르신' 서빙이라는 댓글이 다시 달렸고, 린은 엄청나게 화를 냈다.

린은 말한다. 의사가 치료하면 그 에토스를 믿고, 소믈리에가 와인을 설명하면 신뢰성이 있는 것처럼, '정체성'과 '먹는 것'을 연구하는 박사가 요리 설명을 하면 어르신, 아줌마라는 비하가 줄 것이라고! 천년식향에서 안백린 셰프의 발효 요리를 우리들의 정체성과 연결하여 스토리텔링을 해주며 음식으로 치유 상담을 하는 섹슈얼리티 박사는 자랑이나 과장이 아니라 '현실팩트'라는 것이다.

"엄마는 왜 자신을 홍보하지 않아? 게다가 팩트를 팩트로 말하는 거잖아. 현실을 홍보한다고 관종이라고 생각하면 안 돼. 섹슈얼리티는 애기 낳는 법을 가르치는 학문이 아니라며…. 섹슈얼리티는 나, 너, 우리의 욕망, 관계 그리고 정체성에 대해 권력과 연관하여 생각하게 하는 개념어라며…."

린은 나를 비난하더니 결국 백반집 아줌마 사건 후기를 인스타에 올렸다. 그러나 여전히 나는 린이 보지 않으면 '금빛 명찰'을 달고 다니지 않는다.

천년식향 tmi

비건이라는 명명,

비정형적 채소 발효요리가,

정상과 비정상의 기준을 문제제기할 수 있다고,

고기, 저염, 인스턴트 주류인 식문화에 대한 저항이자 도전이 될 수 있다고

마찬가지로

백반집 아줌마 서빙도!

격식없고 촌스럽다고 생각하는 그 인식체계도

다시 성찰할 수 있다고!

그래서 변혜정 박사의 본업은 바로

"백반집 아줌마"라는 그 인식을 학문적으로 연구하는 학자입니다.

적어도 감사한 백반집을 폄하하지 않는 식문화가 자리잡기를 바랍니다.

2. 성희롱과 서비스 사이에서

그날의 문제는 나의 오버 서비스로 시작되었다. 차를 따르다가 순간 손님의 무릎에 물을 흘렸다. '죄송하다'는 말보다 뜨거운 물이 무릎에 떨어졌다는 생각에 내 손이 먼저 그 손님 허벅지의 흘러내리는 물을 '훔쳤다'. 냅킨보다 손이 더 빨랐다. 순간 손님의 '화상'에 대한 걱정이 앞섰다. 손님의 '괜찮다'는 만류에도 흘린 물을 닦는 오지랖적 행동을 계속한 것 같다.

어느 정도 수습이 되자 정신이 들었다. '앗 이것 잘못하면 성희롱인데….' 만약 내가 아니라 남성이 젊은 여성의 허벅지를 그렇게 닦았다면 분명 그 손님은 기겁했을 것이며 성희롱이라고 신고할 수도 있는 상황이다. "불편하고 불쾌하셨지요…. 정말 죄송하다"고 거듭 사과했다. 속으로 불편하고 싫었을지라도 그 손님은 감사하게 내색하지 않고 괜찮다고 했다.

분명 나의 의도는 성희롱은 아니나 현재 법 체계에서 성희롱이라고 신고하면 충분히 개연성 있는 성희롱 사건이다. 내가 '나이 든 여성'이고

천년식향의 시그니처 블루티. 손님 무릎에 흘린 차를 닦아내려던 나의 오지랖은 성희롱일까?

그가 '아들 같은 연령의 남성'이라서 넘어간 것이리라. 그러나 비슷한 상황의 남성 서버가 (이러한 일을 할 리도 없겠지만) 같은 상황이라면 어떻게 수습해야 할지 잠시 생각했다.

한 여성 손님이 식사하고 나가다가 픽 쓰러지기도 했다. 일단 쓰러진 손님을 파트너와 함께 소파로 이동시켜 30분가량을 주물렀다. 결국 정신을 차린 손님은 생리 중이라 가끔 이런 일이 있다고 고마워했다. 이러한 상황에서 남성 서버는 119 부르는 것이 상책일까? 119를 부르는 사이에는 어떠한 조치도 할 수 없을까?

성희롱 같은 상황은 또 있었다. 직원 회식 중에 린 셰프를 어떻게 키우고 길렀는지에 대해 이야기하면서 출산 전날까지 '자궁문'이 열린 상태로 돌아다녔다고, 임신해도 충분히 일할 수 있다고, 임신이 무서운 일이 아니라고 말했다. 그런데 묵묵하게 듣고 있었던 남성 셰프가 '자궁문' 이야기는 너무 불편하다며 성희롱 아니냐고 묻는다. 상담사로서 직장 내 비슷한 사례를 상담했던 나는 순간 내가 실수했다고 바로 사과했다.

그러나 되물었다. 말하는 의도 취지가 성적인 불쾌감을 주려고 한 것이 아니라도 자궁문, 임신, 출산에 대한 언급이 불편하다면 이유 여하를 막론하고 성희롱인가? 의도하지 않는 불쾌감을 준 것에 대해 사과했지만, 성희롱이 무엇인지도 같이 이야기했다. 법적인 의미의 성희롱과 사회적인 의미의 성희롱, 그리고 그런 개념들이 잘못 이해될 수도, 악용될 수도 있다는 것도 토론해보고 싶었다.

'직장 내 괴롭힘 금지법'이 만들어진 이후, 험한 욕, 인격 모독적 질책처럼 직원 '괴롭힘'으로 이해될 수 있는 행동은 줄어들었다. 마찬가지로 성희롱이 법제화된 것은 참 다행이다. 그러나 '성적인 것'이라고 이해되는 그 어떤 것도 이야기하기 힘드니 과연 이 정책이 잘하고 있는 것인지는 여전히 의문이다. 모든 성과 관련된 언급 자체가 성희롱으로 이해되어 신고하는 것도 문제며 불이익이 두려워 신고하지 못하는 것도 문제다. 과연 누가 판단할 것인가?

신고하면 조직 내 감사팀이든 고용청이 판단하겠지만 참 어렵다. 나의 해명도 직원간의 라포가 없다면 '2차 가해'로 이해될 수 있으며, 해명하려는 시도는 '회유'나 '무마'로도 문제될 수 있는 현실이다. 그러니

'직원들과 사적인 이야기를 섞지 말아라. 특히 여성 직원과 회식하지 말라'는 극단적인 주장들이 나오기 시작한다.

사실 환대 서비스와 성희롱의 경계에 있는 사례들을 살펴보면 대개는 올바른 판단을 내릴 수 있다. 그럼에도 성희롱 사례들이 여전히 발생하는 것도 사실이다. 여기서 사례 중심으로 몇 가지[38]을 전한다.

천년식향 tmi

먼저 겉옷을 받을 때 몸에 접촉하는 행위, 카드 결제 중 손님/직원의 손을 만지는 행위 등은 상호 조심한다. 서빙 중 얼굴이나 몸을 과도하게 쳐다보는 행위도 지양해야 한다. 그리고 손님이나 직원이 좋아할 것이라고 생각하는 성적 칭찬들도 문제가 될 수 있다. 고저스(gorgeous)하시네요, 섹시합니다. (관계가) 너무 좋아 보여 오해받으실 것 같아요 등. 뿐만 아니라 오너 입장에서도, 직원의 사적인 경험을 묻는 것 등도 해서는 안 된다.

38 자세한 내용은 졸고, 《누구나 아는 비밀은 비밀이 아니다–성희롱에 대한 열한가지 진실》, 하다 출판, 2020

3. 성차별적(?) 메뉴 추천

어느 날 비건하는 모녀(母女)와 일명 '고기파' 부자(父子)가 엄마 생일이라고 천년식향에 왔다. 호기심에 가득한 모녀와 달리 별 관심 없어 보이는 아들과 영 못마땅한 표정의 아버지가 신경 쓰였다. 린은 이럴 때마다 등장하는 나의 나쁜(?) 버릇을 지적한다.

"비건하지 않는 사람을 더 배려하는 것이 엄마의 나쁜 버릇!"

비건이 약자인데 왜 엄마는 아빠, 오빠 같은 비건하지 않는 자(이하 논비건, non-vegan)을 배려하는지 이해할 수 없단다. 물론 맞는 지적이다. 솔직히 나는 집에서도 나와 린을 배려하기보다 논비건을 더 배려한다. 가부장을 우대하는 것이 아니라, 채소만으로 요리할 때 먹을 것이 없다는 소리를 듣기 싫어서이다. 어쩌면 먼저 '알아서 기는 것'인지도 모른다.

그날도 또 그랬다. 단 논비건을 신경 쓴 건 맞지만, 린의 의심대로 가

성차별적으로 메뉴를 추천한다고 항의받는 나는 실상 젠더/섹슈얼리티 박사 소지자이다. 물론 전문가라고 성차별 안 한다고 할 수 없지만…

부장 남자라고 해서 더 배려한 것은 아니었다. 서비스 정신이 있는 주인이면 먹을 것이 없다며 뚱하게 있는 손님들이 맛있게 먹을 수 있는 것을 찾아줘야 하지 않겠는가. 떡갈비를 설명할 때 "아마 아버님이 좋아하실 것이니 시키시면 좋아요" 등의 첨언은 딸 손님의 심기를 불편하게 했다.

> 요리 설명을 왜 성차별적으로 하시나요? 남자와 여자가 좋아하는 것이 다른가요? 오늘은 채식하시는 엄마 생일이고 아빠와 오빠가 맞춰야 해요. 아빠 배려하지 말고 엄마가 좋아할 수 있는 것을 알려주세요.

딸 손님은 결국 화를 내며 나를 성차별주의자로 만들었다. 참아야 하는데 나의 심기도 불편해졌다. '그 문제는 내가 너보다 잘 안다'라는 꼰대적인 마음도 있었을 것이다. 그러나 나름의 솔직한 억울함도 있었다. 나는 단지 같이 온 그 아빠가 채식을 좋아했으면 했기 때문이다. 이 일을 계기로 본격적으로 고민하게 됐다. 천년식향은 비건이 타겟인가? 논비건이 타겟인가?

항의한 그 손님이 ○○대학교 비건 동아리 활동가라는 것을 알고 나니 어느 정도 이해가 되었다. 린 역시 비건을 처음 시작할 때 거칠고 무서웠다. '시체보관소'를 폭파하겠다며 냉동실 고기를 다 버릴 때는 나도 마음이 편치 않았다. 반찬 없고 급할 때 해결하기 위해 사다 놓은 고기였는데, 그것이 사라지는 광경을 보는 주부의 안타까운 마음은 전혀 모르고 한 행동이리라. 한동안 린은 주말 장바구니의 모든 상품을 체크하며 하

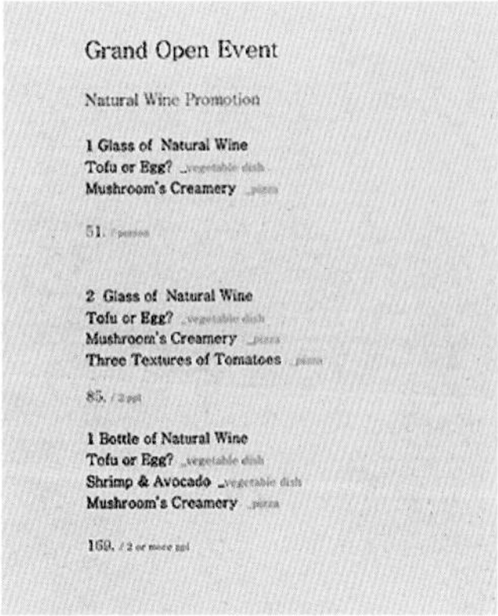
Grand Open Event

Natural Wine Promotion

1 Glass of Natural Wine
Tofu or Egg? _vegetable dish
Mushroom's Creamery _pizza

51.

2 Glass of Natural Wine
Tofu or Egg? _vegetable dish
Mushroom's Creamery _pizza
Three Textures of Tomatoes _pizza

85. / 2 ppl

1 Bottle of Natural Wine
Tofu or Egg? _vegetable dish
Shrimp & Avocado _vegetable dish
Mushroom's Creamery _pizza

169. / 2 or more ppl

천년식향 초기 메뉴, 재료 중심적인 추상적인 영어 메뉴라서 많은 손님들이 어려워했다.

늘을 찌르도록 잔소리를 했다. 화가 난 남편은 딸과 대화를 단절했다. 그 사이에서 나는 얼마나 두근거리고 노심초사하고 있었는지.

남편은 본인의 생일날 딸이 소개한 '누추한' 비건 식당에서 가족 식사를 하고 나서 결국 다 토해버렸다. 분식집 같은 어수선한 분위기, (남편이 느끼기에) 이상한 맛, 주차도 안 되는 골목길에서 차 빼라는 전화에 왔다갔다하다 체한 남편은 한동안 비건 음식 근처에도 가지 않았다. 이러한 갈등을 겪으면서 나는 잠정적으로 결정했다. 비건만을 위한 음식보다, 논비건도 즐겁게 먹을수 있는 음식을 팔기로 말이다. 일명 비건과 논비건을 잇는 브리지 음식을 린이 개발하고, 나는 스토리를 입혔다. 그 과정에서 나는 삶의 의미를 발견했다. 흔한 말로 살맛이 났다. 이제까지 나를 지배했던 페미니즘을 실천하는, 새로운 방법을 찾게 되었으니까 말이다.

손님들은 다른 문제를 놓고도 가끔 정치적(?)인 항의를 하곤 한다. 어느 날 갑자기 전화가 왔다. 천년식향의 메뉴 이름이 영어인 것에 대해 한마디 하겠단다. 뉴욕도 아닌데 서울 한복판에서 왜 영어를 쓰는지, 아름다운 우리말로 메뉴 이름을 만들라고 조언한다. 또 일본말인 오마카

임파서블 버거. 기존 요리의 이름을 활용해 비건의 정체성을 입히는 전략을 썼다.

세(おまかせ, 주방장에게 메뉴의 선택을 맡기는 것)를 왜 사용하는지 묻는 전화도 온다. '9가지 채소 오마카세 : 채소의 사치'라는 메뉴를 놓고 나온 얘기다.

어떤 손님들은 말한다. 요리가 직관적이지 않아 선택하기 어렵다는 것이다. 메뉴 사진을 붙여라, 재료를 설명해라, 이름을 쉽게 만들라, 메뉴판을 가독성 있게 만들어라 등등, 많기도 했다. 그 요구대로 많은 시행착오를 거쳤다. 그러나 손님들의 취향이 다르며 절대로 모든 사람을 만족시킬 수 없다는 것을 결국 깨달았다.

천년식향에서 짜장면, 비빔밥, 불고기를 판다면 그에 합당한 이름을

호두와 코코넛 오일로 만든 식물성 베이컨 이름은? 일단 식물성 베이컨

붙여주는 게 옳겠다. 하지만 대중에게 익숙한 음식이 아니고 새롭게 개발한 음식이니, 처음 들어보는 생소한 이름이 오히려 자연스럽다고 생각했다. 시금치를 활용하여 만든 채식요리는 언뜻 시금치 나물, 시금치 빈대떡, 시금치 피자 정도 이름이면 충분히 정의될 수 있을 것 같다. 그러나 시금치만 활용한 것이 아니라 맛을 내기 위해 여러 발효된 채소들을 썼고 저온조리로 다채로운 맛을 연출한, 지금까지와는 다른 요리다. 지금까지와는 다른 이름을 붙여줄 이유는 충분했다.

물론 구매하는 입장에서 가장 쉽게 받아들일 만한 네이밍은 기존 요리에 '비건'이나 '채소'를 추가하는 것임을 모르지는 않는다. 다른 비건 음식점들은 비건 멘보샤, 버섯 탕수육, 가지 스테이크, 식물성 달걀, 대체육 등으로 기존 요리의 이름을 활용해 비건의 정체성을 입히기도 한다. 리디파인미트(redefined meat), 임파서블 버거(impossible burger), 저스트 에그(just egg) 등, 상업화된 비건 제품들도 비슷한 전략을 쓴다.

그러나 굳건한 기존 식품 체계에서 기존 요리를 활용한 명명을 하면 오히려 이상하게 느껴지는 경우도 있다. 식감은 치즈와 비슷하지만 우유와는 아무 관계가 없는 '그것'을 과연 치즈라고 불러도 될까? 그래서 우리 '비건 치즈 케이크' 이름은 손님이 직관적으로 명명해준 'Kiss with the Snow White'로 정했다. 요리 이름을 과연 무엇이라고 지을지는 언제나 고민이지만, 천년식향의 요리 이름은 손님들이 지어주는 것으로 됐다. 손님이 제안하는 이름 중에서 가장 적합한 것으로 결정하고, 그 이름을 제안해주신 손님께 그 요리를 대접하고 있다.

새로운 전자기기 기종이 개발되면 기존 제품이 솔드아웃되거나 페기되는 것처럼 음식도 그렇다. 어떤 음식은 보존되고 전수되어 전통으로 남지만, 그런 경우는 소수다. 천년식향은 '천 년 동안 이어가고 싶은 요리를 만들어내는 공간(鄕, 향)'이라는 의미다. 욕심같지만 천년식향(天年食鄕, millenial dining)의 요리가 지속되면 좋겠다. 5시간 저온 조리한 당근 요리가 형태는 달리하더라도 천 년 동안 이어간다면 생각만 해도 흐뭇하다.

4. 배달하다 가슴 졸이다

손님들이 편하게 비건을 즐기고 싶다고 하여 ○○ 배달을 시작했다. 2020년 딱 4개월간 지속하다가 지금은 하지 않는다. 극한 코로나 시절에도 하지 않았다.

개점 초기 배달을 하지 않은 이유는 단순했다. 첫째는 플레이팅을 중시하는 린의 요리는 아무리 예쁘게 담아도 급행을 달리는 배달라이더의 오토바이를 당해낼 재간이 없다. 고객이 보내온 사진을 보면 돈 받기가 미안했다. 둘째, 온도를 중요시하는 린의 요리는 최소 30분에서 1시간을 넘어 배달되면 맛이 떨어지기 때문에 도저히 팔기가 어려웠다. 그렇다고 오븐이나 전자레인지에 허브를 데우면 어떻게 되겠는가? 고객의 입장에서 피자를 허브만 빼고 데우기는 쉽지 않다.

이러한 문제를 고지하고, 문제를 최소화할 수 있는 요리만 배달 품목에 공지하고 시작했다. 한동안은 그럭저럭 유지되었다. 손님이 뜸할 때 배달 알람이 울리면 기뻤다. 어떻게 천년식향을 알았는지 7시 넘어 서초역 부근의 검찰청이나 법원에서 배달이 요청되어 그저 신기했다.

채소 발효 플레터, 플레이팅을 중시하는 린의 요리는 아무리 예쁘게 담아도 급행을 달리는 배달라이더의 오토바이를 당해낼 재간이 없다.

또 한강변으로 배달 요청이 들어와도 기뻤다. 배달 오토바이가 못 간다고 하는 가까운 거리는 내가 직접 운전했다. 가끔 파티에 쓴다고 많은 요리를 주문하면 매출도 매출이지만 비건 요리로 파티를 한다는 사실에 흐뭇했다.

그러나 결국 중단했다. 모든 기쁨을 포기하고 배달을 멈추게 된 계기는 하나였다. 고객센터로 비닐 조각이 나왔다는 민원전화가 왔다. 아는 사람만 시키기에 오히려 악플에 시달린 적은 없었는데, 비닐 민원은 심각한 문제였다. 처음에는 음식에 대한 민원으로 알고 환불해주었다. 일주일 후 비슷한 내용의 전화가 와서 또 환불해주었다. 슬슬 의심이 가기 시작했지만 이후의 악플이 두렵기도 해서 일단 해주었다. 그리고 한 달 후 비슷한 내용의 전화가 또 왔다. 전화 출처를 찾기 시작했다.

같은 가게 음식의 같은 문제로 계속 곤란스러웠다면 대체로 그 음식을 시키지 않는 것이 인지상정이다. 그런데 같은 메뉴에 항의 시간이나 내용까지 유사했다. 전화번호는 익명 번호로 나오니 직접 비교는 불가했다. 고객센터에 항의 내용을 정확하게 달라고 했다. 메일로 보내온 민원 이유는 비닐조각이 음식에 들어갔다는 것이었다.

물론 주의를 해도 비닐이 들어갈 수 있다. 그런데 조리 과정상 들어갈 수 없는 손바닥만 한 사이즈의 큰 비닐이었다. 머리카락이 나왔다고 하면 그래도 합리적으로 이해가 하겠지만. 일단 손님이 비닐이 나왔다고 하니 어떻게 대응할 것인가? 정말 가능한 오만가지 수를 다 가정해 보았다. 심지어 라이더에게 미안하지만 라이더가 넣었을 가능성까지 고려했다. 천년식향 배달음식은 환경을 고려하여 비닐랩이 아니라 친환경 종이 그릇에 담겨 배달했고, 100% 밀봉은 되지 않기 때문이었다.

하지만 더 따지기에는 그 당시 요리 사진이 없기에 반증이 불가능했다. 손해배상을 요청하지 않는 것도 고맙게 여겨야지 고객에게 음식값 환불을 하지 않는다고 하면 고객을 배려하지 않는 '악덕가게'가 될 판이었다. 이 문제에 대처할 시간과 에너지가 아까웠고, 이러한 일이 앞으로 더 생기지 않을 것이라는 확신도 들지 않았다. 온갖 경우의 수를 고려했지만 결국 가슴 쫄다 환불해주고 배달문을 닫았다.

오죽했으면 '배달의 민족 악플 대처법'[39] 등의 블로그 기사가 생겼겠는가? 가끔 언론에 진상 사례들이 공개되기도 하지만 직접 당하지 않으면 절대 그 억울함을 이해하지 못한다. 물론 이 일을 계기로 음식위생을 더 철저하게 챙기게 된 것은 천년식향의 귀중한 경험이다.

---

39 악플 대처법(물론 칭찬 댓글도 감사 표시해야 한다)은 가게의 상황에 따라 다르겠지만, 1. 손님의 입장에서 상황을 파악하기 2. 빠른 대응 두 가지가 중요하다. 악플이 지속적일 경우 경찰신고도 방법이 될 수 있다. 단, 명예훼손은 피해야 한다. 실은 대응을 모색하며 유명 배달앱의 지침을 참고해 보려고도 했으나, 그들도 속수무책일 경우가 많았다. 상호 식문화의 수준을 올리는 자정 운동, 업주도 손님도 상대방을 배려하는 역지사지 문화의 정립이 중요하다. 업주 입장에서는 악플의 내용을 분류, 분석하고 집단적인 방법으로 대응할 창구가 절실하다. 자영업자들의 상담창구는 왜 여성문제 창구처럼 발달되지 않았는지 의아하다. 소상공인의 운영상의 문제를 집중해서 분석, 대응할 전략은 앞으로도 고민할 계획이다.

5. 개 밥그릇 환불 사건

천년식향이 3년이 되어간다. 다양한 손님들이 기억나지만 유난히 잊지 못하는 손님이 있다. 딸과 가게를 해서 그런지 모녀 손님과 지팡이를 짚고 오는 노인 손님에 대해 나는 '과하게'(린의 표현) 친절하다. 그날 역시 오픈한 지 얼마 되지 않은 토요일에 내 정도로 보이는 중년 여성과 20대 여성이 같이 왔다. 그날의 서빙 기억은 나쁘지 않았다. 두 분 다 맛있게 즐겼다고 생각했다.

그런데 점심 영업이 끝나갈 시간에 전화가 울렸다. 약간 흥분한 목소리에, 환불해 달라는 요청이었다. 이유는 '개 밥그릇'에 든 당근과 콩고기 몇 조각, 피자, 와인 한 잔 등으로 7만 얼마를 낼 수 없다는 것이었다. 딸이 가자고 해서 방문했지만 당신 형편에 그 비용이면 고기를 먹겠다며, 단 딸에게는 말하지 말라고 했다. 계좌번호를 주겠으니 돈을 보내라고 요구했다.

처음에는 내 귀를 의심했다. 배탈이 나서 환불이라면 모르겠다. 7만원짜리 고기만큼의 가치가 아니어서 환불하라는 저 요청은 대체 어느

강아지와 밥그릇을 공유한다면(?). 아직은 하고 있지 않습니다.

별에서 출발한 것인가? 딸 몰래 환불을 요청하는 전화는 대체 어떤 마음에서 가능할까? 너무 충격이어서 듣고만 있었다. 하나하나 이유를 분석하며 설득하기에는 어디서부터 시작해야 할지 모를 상황이었다. 말하다가 내가 흥분할지도 모른다는 생각이 들어, '지금은 영업 중이니 브레이크 타임 3시경 다시 연락드린다'고 말하곤 전화를 끊었다.

곧 다시 전화가 왔다. '그때까지 못 기다리니 당장 송금하라. 혹 송금을 안 하면 가게 와서 받아 가겠다'는 내용이었다. 안 주면 인터넷에 올리겠다는 협박도 했다. 수준 미달이라고 올리겠다는 것인가? 동시에 딸에게는 말하지 말라는 부탁, 아니 강짜를 부린다. 순간 딸에게 '너희 엄마 이상하니 말리라'고 전화하고 싶었다. 하지만 딸에게 말해봤자 자기 엄마인데 변명만 할 터였다. 그 당시 가장 강력하게 나를 지배했던 감정은, 이 전화를 더 이상 받고 싶지 않다는 것, 그러니 7만 8천 원을 빨리 포기하자는 것이었다.

천년식향은 많은 시행착오를 거치더라도, '음식'과 아울러 '가치'를 파는 곳으로 만들고 싶었다. 단지 배를 부르게 하는 '물질적인' 먹거리만을 팔지 않았다고 자부할 수 있는 곳으로. 그것을 위해 장사의 철학과 원칙을 고민했고, 재료를 만든 농부들의 혼을, 음식을 만든 셰프들의 시간과 손맛을, 그리고 손님을 만나는 진정성을, 또 무엇보다도 삶의 가치를 팔려고 노력했다. 물론 서비스나 비용이 손님의 기대에 맞지 않다는 비판도 많았고, 그런 비판은 겸허하게 수용한다. 하지만 저런 식의 환불 요청은 어떻게 대처해야 옳았는지, 만약 또 그런 손님이 있으면 어떻게 해결해야 하는지가 한동안 나의 고민이었다.

'백반집이나 할 법한 나이의 미모 없는 어르신(나를 지칭하는 얘기다)'이 아니라 '물 따르는 어린 여성'을 고용하라는 조언을 듣고는 더 생각이 많았다. 하긴 돈이라도 주면서 고집을 부리는 손님들은 차라리 낫다고 해야 하나.

손님은 가게를 찾아온 귀한 분이다. 그런데 왜 그런 귀한 분이 꼭 '왕'이어야 하는가. 왜 손님의 이름은 하필이면 '왕'이 되었을까? 구매력이 있는 자의 지갑을 열게 하려는 자본주의 사회의 전략이었을까? 누구 말대로 인간에는 귀천이 있어도 돈은 귀천이 없으니 돈 앞에서는 평등하다는 초기 자본주의 논리인가? 그렇다고 해도, 서비스에 필요한 친절함 이상의 사탕발림을 동원해 손님의 지갑을 열게 한다면 그것은 사실 손님을 농락하는 게 아닌가. 사실상 사기에 가까운 것 아닐까? 같은 돈을 내는 손님들이 평등하다면 '물 따르는 어린' 서버나 '어르신' 다 같은 서비스를 제공하는데 평등하지 않을 이유가 무엇인가.

외국에서는 제공되는 서비스에 따라 팁의 액수가 다르다는 소문이 돌지만, 최근 방문한 미국의 미슐랭 스타 음식점도 정해진 팁(22%~25%) 포함 전액 사전 지불이었으니 그것도 지나간 옛 얘기다. 팁 문화라고 해봤자 그냥 음식의 기본적인 서비스 비용을 따로 내는 것이다. 천년식향도 초기에는 팁을 주장할까 생각해보기도 했지만, 팁이 도입되면 '너 능력껏 벌어라' 하면서 알바 고용 인건비를 삭감하는 문화에 일조할까봐, 또 어린 알바들이 팁 때문에 부당한 대우에 저항할 수 없을 듯하여 없던 계획으로 했다. 그렇다면 전반적인 미식 문화 업그레이드를 위해 필요한 건 어떤 서비스, 또 어떤 손님일까.

내가 생각하는 서비스의 정의는 이렇다. 그것은 손님이 좀 더 맛있게 음식을 먹을 수 있도록 준비하는 행위이다. 실내의 쾌적함, 재료 및 제조에 대한 설명, 옆 손님의 무례함 방지, 양심적인 행위, 아름답고 맛있는 음식 그리고 손님과 주인이 상호 존중하는 공간 마련 등이다. 따라서 손님 마음에 드는 '여왕 마마' 같은 서비스는 없다. 비용을 지불하더라도 '그런 서비스는 메뉴에 없다'고 말하고 싶다. 특히 팁 문화가 없는 한국에서 그러한 서비스는 맞지 않으며, 사실 팁을 주어도 문제일 수 있다. 이러한 원칙 때문에 돈이 안 벌리는 건지 고민한 적이 많다. 하지만 돈이 많이 벌려도 원칙을 버릴 수 없다는 것이 내 결론이다. 어쨌든 그것 역시 내 행위의 결과다.

손님은 자신이 머무르는 시간과 공간을 존중하면서 음식을 즐기면 된다. 때로는 자신이 종업원일 수 있으며 점주가 될 수 있다는 것을 한번쯤 상상해보는 것도 나쁘지는 않다. 단, '음식'은 가게 그 자체다. 솔직한 음식 평가는 중요하지만 음식, 가게, 점주, 직원을 모욕하지 않았으면 한다.

다시 보고 싶지 않은 손님도 물론 있었지만 정말 기분 좋은 손님도 많았다. 이러한 손님들이 3년 동안 천년식향을 유지하게 했다. 내 실수로 비용 누락 결제를 했는데 한참 걸어가다 다시 3층으로 올라온 손님은 정말 고맙다. 95세 노모를 모시고 3층까지 올라오느라 힘이 들었을 터인데…. 너무 맛있게 엄마가 드셨다고 감사하다며 나머지 비용을 내고 기쁘게 돌아갔다.

그뿐이겠는가? 진실로 기분 좋게 먹고 나가는 손님, 몸둘 바 모를 칭찬을 해주는 손님, 다른 친구를 데리고 재방문하는 손님, 임신한 아내를 위해 냄비를 들고 음식을 사가지고 간 남편 그리고 그 아이가 3세 때 다시 방문한 손님…. 천년식향을 방문하는 손님들 때문에 3년을 보낼 수 있었다. 정말 감사하다.

천년식향 tmi

'진상손님 out'을 기록하면서 그간의 사연을 정리하니 손님 입장에서 참 '야박한 가게'라고 생각할 것 같기는 합니다. 물론 여유가 있으면 할 수 있는 모든 것을 다 해드리고 싶어요. 그러나 끝이 없더군요. 때로는 너무 당당합니다. 서비스 비용도 고려하여 음식비용을 책정해야 하지만 더이상 비용을 올릴 수 없어서 정중하게 설명하고 거절합니다. 그러다 보니 1인 1식, 음료 필수가 된 것이랍니다. 물론 음식비용을 올리고 할 수 있는 모든 서비스 하는 최상의 친절한 가게를 할까도 생각합니다.

3년간 손님들이 요청하신 내용 중 어쩔 수 없이 하면서도 '더 이상은 아닌 것'을 정리해봅니다.

이런 사람은 진상 손님일까요, 아닐까요? 이것은 저의 과거이기도 합니다.

① 예약시간보다 늦게 오면서 당당한 손님.

② 오픈 전이라고 말해도 그냥 들어오는 분. (천년식향에서는 사전 양해하면 상황에 따라 입장 가능해요)

③ 약 데워달라, 본인 쓰레기 치워달라뿐 아니라 음악 줄여달라, 조명 밝게 해달라, 믹서 소리 줄여라, 짜게 하지 말아라 등 자신의 필요대로 요청하는 손님. (천년식향은 손님에 따라 조명이나 음악 취향이 달라 정해진 스타일대로 합니다. 물론 예약 시 알러지, 질병 등을 알려주시면 비밀스럽게 준비해요)

④ 채소 싫다고 고기 도시락이나 우유·달걀 케이크 갖고 오는 손님, 또는 비건 옵

션 없는 식당이라고 두부나 우유를 가져가는 손님.

⑤ 내추럴 와인 싫으니 컨벤 와인이나 맥주 먹겠다는 취향 강조 손님.

⑥ 맛있지만 양 적다, 풀인데 왜 이리 비싼지 중얼대는 불평 손님.

⑦ '어이!' 큰 소리로 서버를 부르거나 시끄럽게 소란 떠는 손님.

⑧ 온갖 것 물어보고 주문 후 물만 먹고 그냥 나가는 분.

⑨ 와인이나 티 한 잔을 나눠 먹는다고 사람 수대로 글라스 더 달라거나 음식 나올 때마다 개인접시 변경해달라는 손님. 예) 3명이 요리 3가지 시키며 요리마다 그릇교체(9개) 요청이 당연한지 모르겠다(이렇게 의문을 갖는 것이 친절하지 않는 반증? 그러나 개인플레이팅 코스요리 있어요).

⑩ 예쁘다고 슬쩍 소품 챙기는 손님, 와인 글라스 깨고 그냥 나가는 손님, 깨끗하게 다 먹고 나서 환불 요청 손님.

6. 비건은 미친 짓이다?

직원이 말한다.

"애초부터 잘못됐어요. 비건은 미친 짓이군요."

이른바 '가성비'를 놓고서 하는 얘기다. 손님들도 가끔 이런 평가를 건넨다.

"기대보다 음식은 맛있지만, 양이 너무 적어요."

역시 음식 가격이 비싸다는 것의 완곡한 표현이다. 이것 또한 가성비가 없다는 뜻이다. 곧 대중의 선택을 받기가 어렵다는 의미가 된다. 가성비, 즉 '가격 대비 성능(Price-performance ratio)'은 소비자가 지급한 가격에 비해 제품 성능이 소비자에게 얼마나 큰 효용을 주는지를 나타내는 경제학 용어다. 그런 전문용어가 친숙한 일상어로 정착한 걸 보면, 제

발효한 흑마늘로 만든 'Black Garlic Pasta'

Sustainable table,

천년식향의 재료는 자연, 시간, 그리고 정성이 깃들어 있습니다.

천년식향 재료		일반 식재료	
재료	가격 (100g당 가격)	재료	가격 (100g당 가격)
허브 (줄기제외)	20g 7,000원 (35,000원)		
비욘드미트	227g 13,000원 (5,800원)	국내산 소고기 (비욘드미트 형태)	2kg 60,400원 (3,020원)
저스트에그 (식물성계란)	500g 7,480원 (1,496원)	업소용 계란 (껍질 제외) 유기농자연방사계란 (동물복지최고급 /껍질제외)	1.5kg 6,200원 (413원) 4.5kg 52,000원 (1,156원)
유기농 밀가루	20kg 59,000원 (295원)	일반 밀가루	20kg 13,800원 (69원)
유기농 비정제설탕	25kg 63,900원 (256원)	일반 설탕	15kg 14,750원 (98원)
칡전분	1kg 9,000~63,200원 (900~6,320원)	업소용 전분	20kg 36,500원 (183원)
효모추출물 (감칠맛)	1kg 36,000원 (3,600원)	미원	1kg 5,600원 (560원)
누룩소금	100g 26,000원 (26,000원)	다시다	1kg 3,800원 (380원)
블랙솔트	500g 33,000원 (6,600원)		

천년식향의 식물성 재료 가격은 일반 식재료보다 평균 3배 높습니다.
뿐만 아니라, 채소의 식감을 쫄깃하게 살리기 위해 셰프의 정성과 시간이 듬뿍 들어갑니다.
천년식향의 음식 가격을 넓은 아량으로 살펴 주세요.

품 선택 시 가격이 한국인에게 얼마나 중요한 문제인지 알 수 있다. 일단 가격대가 높으면 생산자나 소비자 할 것 없이 생각이 많아진다. 당연하다.

일반적으로 음식 가격에는 음식점이 위치한 지역, 유명도(브랜드 가치), 인테리어, 서비스, 주차시설 여부도 중요하지만, 재료가 무엇인지에 따라 가격이 결정되는 경향 역시 뚜렷하다. 더 정확하게 말하면, 재료 자체보다는 재료에 대한 사람들의 통념이 가격에 영향을 미친다. 고기와 생선 요리는 비싸도 되지만 채소 요리는 비싸면 왠지 이상하다. 고기와 생선, 과일, 채소 등의 순서로 가격이 결정되는 이유는 오히려 그런 선입견 탓이 크다.

소고기나 생선 100그램의 가격에 비하면, 채소 100그램당 가격은 실제로 많이 낮은 편이다. 땅만 확보하고 씨를 뿌리면 자연스럽게 자라나는 채소인데 비싸면 이상해 보일지 모른다. 채소는 누구나 쉽게 얻을 수 있어 가격이 낮은 것 같기도 하다. 아니면 재배에 전문적 지식이 필요 없어 가격이 낮아 보이기도 한다.

하지만 시장가격을 결정하는 가장 큰 요인은 공급 대비 수요다. 농산물 가격 폭락을 막기 위해 애써 키운 양파나 수박을 폐기하는 소식이 언론에 등장하곤 한다. 이것은 공급을 줄이기 위해서다. 반대로, 어떤 재료를 먹고 싶은 사회적 욕망, 즉 수요가 커지면 가격이 높아진다. 귀하다고 생각하는 한우는 비싸도 큰맘 먹고 구입하지만, 큰맘 먹고 구입하는 채소는 없다. 그래서 요즘 나는 한우를 귀한 것으로 말하는 드라마 대사들로 인해 괴롭다.

천년식향은 사실 재료비만 따져도 육류에 비해 낮은 편이 아니다. 오죽했으면 메뉴판에 재료 가격 비교표를 만들었을까? 최근 ○○ 블로그에서 258페이지의 표를 보고 요리 가격이 비쌀까 봐 긴장했으나 기대보다 합리적이었다는 언급도 있었다.

음식의 가격이 매겨지는 과정을 보면 흥미롭다. 그것이 한국의 식문화를 대변하기 때문이다. 무엇을 먹고 먹지 않는 것처럼, 무엇을 귀하고 귀하지 않게 여기는 것 역시 그 사회의 문화이다. 지난 시절 한국에서 닭은 무척 귀했다. 하지만 공장에서 20일의 기간만 키우다 죽이는 어린 닭은 더 이상 귀하지 않다. 이제 사위에게 씨암탉을 잡아줄 이유가 없다.

'고기, 생선, 과일, 채소'라는 재료의 위계도 문제지만, 음식 조리 과정의 난이도에서 나오는 위계는 더욱 중요한 문제다. 알고 보면 고기 굽기가 가장 편리하다. 실은 나도 반찬 없고 시간이 없을 때 가장 많이 하는 요리가 '고기 굽기'다. 채소 요리는 손질도 불편하고 조리에 오래 걸리며 특히 나물 요리는 귀찮으니 어지간하면 만들어서 먹지는 않는다. 좋아하기는 하지만, 나 혼자 먹겠다고 시간을 듬뿍 들이지는 않는다.

먹고는 싶지만 요리하기 귀찮고 힘든 나물. 그렇다면 비싸야 하지 않겠는가? 하지만 저렴한 가격으로 시장에 나온다. 저렴한 음식이라는 통념 때문에 저렴해야 사람들이 사 먹는다. 신속하고 편리한 고기 요리는 비싸고, 오래 걸려 만든 채소 요리는 싸다. 부를 상징하는 요리는 고기 스테이크고 가난을 상징하는 요리는 채소 나물이 된다. 오히려 노동력과 반비례하여 가격이 책정되는 것이다.

왜 힘들게 만드는 나물 반찬이 고기보다 저렴한지 고민하다 보면, 그 뒤에 숨겨져 있는 비밀이 드러난다. 고기와 채소, 기술과 자연, 신속함과 느림, 편리함과 불편함, 강함과 약함, 이 대비되는 관계의 구조 속 늘 후자/약자에 채소 요리가 놓여 있다. 한국은 늘 후자에서 전자를 지향하던 사회였다.

7. 맛있는 비건, 불편한 레스토랑

하지만 이제는 반전의 시간이다. 우리가 오랫동안 즐겨 먹으면서도 큰 가치를 두지 않던 채소 요리가 비건이라는 이름으로 부활했다. 심지어 요새는 비건이 젊은 세대의 트렌드라고 한다. 유행을 맛보고 싶어 찾아오는 사람부터 언론 인터뷰 요청까지 참, 재미있는 현상이다.

물론 천년식향은 그 트렌드에 열심히 응답한다. 채소와 고기의 이분법을 깨기 위해 인터뷰를 정말 많이 했다. 한국 나물 반찬의 마음은 살리되, 형식은 새롭고 트렌디한 모습으로 접근했다. 비건이라는 이름이 붙은 피자, 파스타, 스테이크를 만들지만, 그것들은 한국 채소를 발효해서 만든 순수한 '한국식'이다. 이제까지 우리가 즐겨 먹었던 채소 요리에 서양의 이름을 붙였다고 할까? 물론 한국식 중식 서양식 등의 구분도 이제는 모호한 것이 되고 있지만!

그러면서 손님이 보기에 비싸 보이는 가격이라도 재료비, 인건비를 고려했을 때 '제대로' 책정하려고 노력했다. 그 결과 가격 문제로 욕을

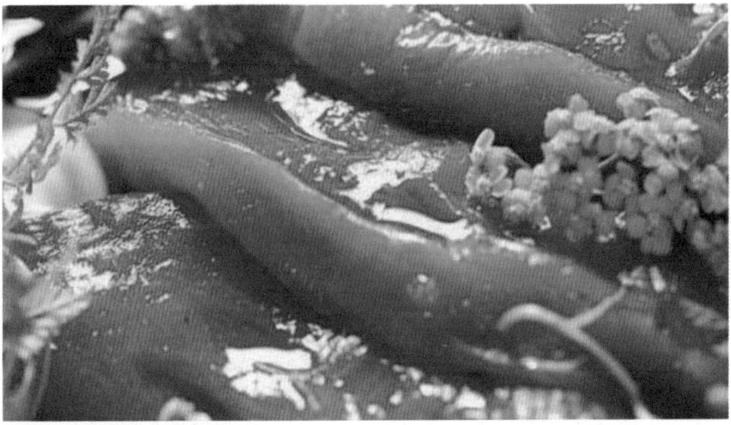

5시간 동안 저온 조리하여 만든 수박 사시미

수제로 만든 보석 모양의 생면 라비올리

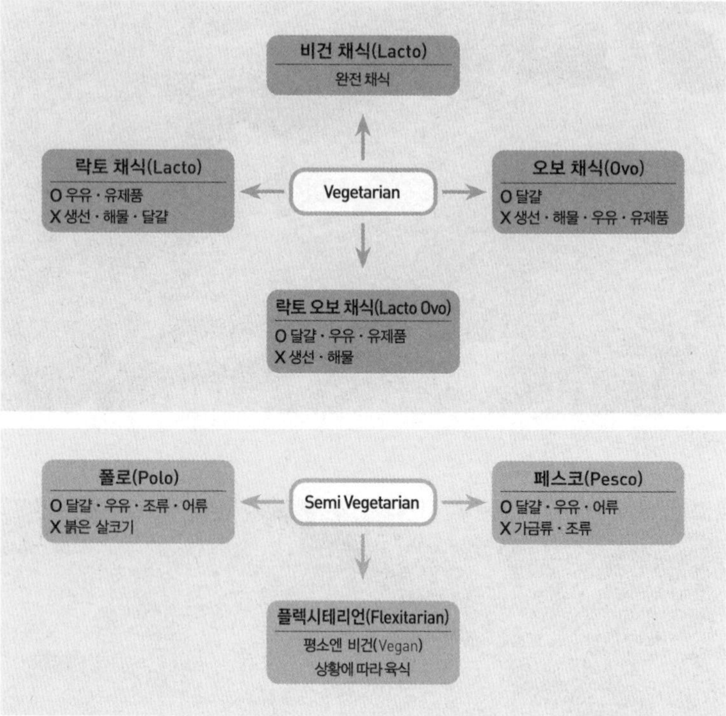

완벽한 비건은 없다. 위 도표를 다시 그려도 좋다. 2011년부터 발행되는, 채식, 동물, 환경, 착한 소비 월간 《비건》의 채식 유형과 허용식 참고.

부단히 먹었다. 물론 직접 요리하는 셰프들은 아직도 멀었다는 입장이다. 직접 해보니 이 가격으로는 역시 장사해서는 안 된단다. 비건이라 비싼 것이 아니라, 원래 손이 많이 가는 채소 요리는 쉽게 하는 고기 요리보다 비쌀 수밖에 없고, 게다가 건강하고 맛도 좋으니 비싸야 옳다는, 경험에서 오는 주장이다. 심지어 천년식향 요리가 비싸다고 이야기하는 손님들에게 직접 주방에서 요리를 시켜보고 싶다고, 인스타에 무료 쿠킹 클래스를 모집하라고도 직원들은 제안했다. 정말 천년식향은 쿠킹 클래스를 개최했고, 수강자들도 배워보니 요리하기보다 사 먹는 것이 낫겠다고 반응한다. 뿌듯하면서도 씁쓸하다. 린은 다음에 필요한 강좌는 경영학이라고 농담을 던진다.

사람들은 간혹 질문한다. 왜 맛있고 가격이 싼 채소 요리로 대중을 공략하지 않는지, 왜 꼭 비싼 고기를 따라 하는지, 서구식 요리 스테이크를 만들려고 하는지 궁금해한다. 린에게는 비건을 대중화할 수 있는 디딤돌이 되는 셰프가 되라고 조언한다. 맞는 이야기이다. 그러나 나는 나물의 예를 들며, 채소 요리는 이미 값싸게 대중화되어 있지 않냐고 말한다.

사실 나 역시 비건이라는 것을 알기 전에도 콩밥과 채소 나물, 두부, 김, 김치를 좋아하는 사실상의 비건식을 했다. 어릴 때부터 고기는 냄새로 인해 먹지 않았고, 말랐다는 이유로 엄마가 고기, 달걀, 치즈, 우유를 먹이려고 했지만 나는 먹는 흉내 정도만 냈다. 그나마 멸치 같은 생선만 조금 먹었으니 굳이 분류하자면 '페스코'[40]이다.

사람들은 채소, 과일, 생선, 유제품 등 식재료에 따라 비건을 베지테리언, 락토오보, 페스코 등으로 명명하지만, 그 경계들은 내게 모호한 것이며 또 그 스펙트럼도 다층적이다. 문화, 종교, 건강 등에 따라 먹는 것과 먹지 않는 것은 어떻게 분류해야 할까? 조금 좋아하는 것과 많이 좋

40 Pesco-vegetarian. 육류는 먹지 않고 생선과 채식만 하는 경우를 말한다.

아하는 것, 그리고 좋아해도 먹지 못하는 것의 위계는 어떻게 정의될 수 있을까? 비건을 지향하는 사람들의 공통점을 굳이 따지자면, 공장식 축산, 생명 그리고 기후 위기 등을 걱정하는 사람들이라는 점, 그리고 본인의 식습관에 대해 감수성이 높다는 점 정도일 것이다.

내가 좋아하는 소박한 요리들이나 전주비빔밥, 들깨탕, 배추된장국, 전병, 사찰음식 등은 경우에 따라 채소 베이스에 맛을 내기 위해 동물성 재료를 사용하기도 한다. 그래서 비건 음식이라 칭하지는 않지만, 이미 훌륭한 채소요리들이다. 단지 '비건'으로 상품화를 하지 않았고, 동물성인 뭔가가 있어야 그래도 몸에 좋다는 신념으로 동물성 식재료를 빠짐없이 사용하고 있었을 뿐이다. 비빕밥에 고기 고명이나 달걀 프라이를 올려야 비용을 더 받을 수 있고, 그래야 비빔밥이 완성되었다고 모두들 생각하는 것처럼! 평소에 고기를 먹지 않았던 나도, 고기를 먹어야 한다는 통념과 건강 생각에, 그리고 그것이 비빔밥이라는 선입견 탓에 비빕밥 안에 든 고기와 달걀은 그냥 먹었다.

나는 왜 반찬으로서의 나물, 된장국, 일품요리 비빔밥 등에도 고기를 넣지 않으면 이상하게 여기는지, 그리고 채소(콩, 가지, 당근, 비트 등) 그 자체로 완성되는 요리는 왜 고기만큼 부가가치 높은 요리로 만들지 못하는지 오히려 질문하고 싶었다. 채소 스테이크, 채소 피자, 채소 파스타를 온전히 요리로 만들어 그나마 '제 가격'대로 판매하는데 왜 비건은 비싸다고 생각하는지, 상용화된 비프스테이크, 치즈피자, 크림 파스타보다 훨씬 더 만들기 힘들고, 그래서 비싼 것이 당연할 수 있는데도 왜 비싸면 안 되는지, 그리고 가장 근본적으로, 왜 채소 요리가 '메인' 요리가 되

생면 라비올리를 만드는 모습

면 안 되는지 질문하고 싶었다.

앞으로 채소가 주인공(main)이 되는, 채소 요리의 가격은 중요하다. 사람들이 많이 먹어야 하니 대량생산된 재료와 쉽고 간편한 요리방식을 도입해 대중화시키는 것 역시 중요한 지향점이 될 수 있다. 하지만 천년 식향의 경우에는 최상의 맛을 위해 퀄리티 있는 재료(칡전분, 아스파라거스 등)로 고노동을 통해 만들어지는 채소 요리라, 그 노동력의 가치를 생각하면 그보다 아주 싼 가격으로 판매하는 것에는 절대로 동의할 수 없었다. 맛있는 채소 요리 가격의 하향 평준화는 그 요리를 만든 '사람'을 지속가능하지 못하게 한다. 소를 살리자고 당장의 사람을 죽일 수는 없다.

소도, 사람도, 지구도 사는 법을 찾아야 했다.

고기 요리와 비슷한/더 비싼 가격 책정은 '맛있는' 비건 다이닝이 지속할 수 있는 중요한 전제다. 또 지구를 살리는 맛이 있는 채소 요리는 원래 비쌀 수밖에 없다. '맛'을 만드는 것은 사람이고, 그 사람의 '시간'과 '품' 역시 가격으로 환산되어야 하기 때문이다. 가성비를 따지는 이유는 비용 대비 최대의 효과를 만들기 위해서라지만, 나와 지구의 건강유지를 위한 가성비를 따진다면 절대로 공장식 축산으로 만들어지는 고기를 먹을 수 없다. 요리 탄생 및 소화 과정, 채소/고기가 경작되고 요리되는 과정과 먹은 이후의 결과를 안다면, 아무거나 먹을 엄두는 나지 않기 마련이다.

그래서 나는 음식 선택을 할 때 다들 중요하게 따지는 게 '가성비'지만, 심지어 나도 가성비 매우 좋아했던 사람이지만, 그것은 눈앞만 보는, 지구에 대한 갑질이 되는 것이었다고 감히 말한다. 가성비는 결국 자신에게 상처를 준다. 내가 살고 있는 지구의 건강이 바로 나의 건강이기 때문이다. 아니, 가성비를 따지려면 정말 더 정확한 가성비, 우리 미래 건강의 가치까지 포함한 가성비를 계산했으면 한다.

갑자기 영화 〈미나리〉가 떠오른다.[41] 가장 귀한 상이라는 아카데미상으로 기억될 그 이름 '미나리'가 기쁘다.

---

41 미나리에 대한 졸고, "삼계탕과 영화 〈미나리〉", 물결(2021), 여름호, 동물해방물결 출판 참고

천년식향 tmi

천년식향은 가성비 따지는 손님을 비판하는 도도한 공간으로 비난받을 것이다.

맛있고 품격 있는 동시에 자유로운 공간, 하나쯤은 있어도 괜찮지 않을까.

혹시 아는가? 이러한 공간이 앞으로의 트렌드가 될지?

그런 의미에서, 채식이 맛있는 레스토랑 제라늄을 소개합니다.

환영받는, 멋진 손님 십계명

사실은 나도 손님일 때는 어려웠다. 늘 실천 노력 중.

1. 음식 관련 요청 외에는 어떤 일도 요청하지 않는다.
2. 가게 고유의 규칙을 따르며 다른 곳과 비교하지 않는다.
3. 1인 1식을 지키며 여분의 그릇을 요청하지 않는다.
4. 남은 음식 테이크아웃 요청은 정중하게, 음식점은 준비한 식기에 포장한다(테이크아웃을 위해 미리 친환경 용기를 준비하는 것도 좋다).
5. 타인과 함께 있는 공간이라는 것을 명심한다.
6. 외부 음식을 먹지 않는다.
7. 식사 후 자신의 쓰레기를 정리하고 남겨놓지 않는다.
8. 예약 노쇼를 하지 않는다. 예약 및 환불 규정을 지킨다.
9. 음식점 평가는 솔직하고 진정성 있게, 그러나 인신공격 등으로 상처 주거나 비난하지 않는다.
10. 즐겁게 먹었다면 지인들에게 입소문 낸다.

템페 스테이크

에필로그

에필로그 첫 번째

천년식향 대표로

천년식향은 기존의 Green Vegan의 패러다임을 넘어, Red & Black 등 다양한 가치와 철학을 전하고 싶습니다. 많은 방송과 광고 제의도 이 지향 가치를 고수하는 선에서, 갈등되지만 거절하기도 하며, 천년식향만의 색깔이 표현될 수 있거나 서로의 진심이 느껴질 때 임하려고 합니다. 성을 금기시하는 한국 사회에서 Red & Black의 컬러를 고수하느라 솔깃한 기회들을 놓치는 것이 때론 아쉽기도 합니다.

하지만, 단순한 매출 효과보다, 때론 어려움이 있더라도, 비건의 '금욕주의(asceticism)'를 넘어, just like sex in the woods의 철학이 언젠가는 빛을 발할 것이라 믿습니다. 고기를 좋아하는 사람도, 채소를 좋아하는 사람에게도 천년식향은 관능적인 예술로 다가가고 싶습니다. 여기서 예술이란, 로고스(logic, 논리), 에토스(social value, 사회적 가치), 그리고 파토스(emotion, 감정)을 만족시키는 것을 의미합니다.

이성적인 논리로, 환경, 동물, 건강의 가치로, 그리고 아름다움과 본능을 자극하는 경험으로 당신을 매료시키기 위해 노력하겠습니다. 단순하게 배를 채우는 '끼니'가 아니라, 이러한 인간 삶의 다면성을 표현하는 요리의 언어로서 천년식향은 존재합니다. 다시 한번 삶을 돌아보게 만드는 철학, 식물성 요리의 지속가능한 가치, 그리고 혀에 닿자마자 느껴지는 충족되는 관능으로 요리하고 싶습니다. 꿈이 있다면, 훗날 저명한 요리사(Well-known Chef)보다 철학자 셰프(Philosopher Chef)로 기억되길 원합니다. 그 철학을 알리기 위해 요리로, 유튜브로 아직 비건이 '재미없는 풀떼기'로 인식되어지고 있는 한국에, 좌충우돌하며 노력하는 오뚜기처럼 서 있겠습니다.

입맛은 다양하고, 그렇기에 모든 분들의 취향을 충족시킬 수는 없겠지만, 혹여나 불만족스러운 의견이 있다면, 그것은 천년식향의 피와 살이 됩니다. 일희일비하면 안 된다는 조언을 들음에도 불구하고, 한국에서 채식요리의 유혹을 알리고자 오픈한 천년식향은 최대한 많은 분들의 피드백을 반영하여, 더 많은 분에게 기쁨을 드리고 싶은 마음에 진심입니다. DM으로 소중한 의견 보내주시면 심사숙고하여 적극 반영하겠습니다. 부족한 부분이 있음에도 언제나 응원해주시는 모든 분들께 진심으로 감사를 전합니다. 앞으로도 배움의 자세로 노력하겠습니다.

에필로그 두 번째

사랑하는 딸로

5월 8일 어버이날,

나는 엄마와 함께 다른 어버이를 위해 요리를 했습니다

우리 엄마는 어버이날인 것도 잊은 채 룰루랄라 서빙을 했습니다.

얼마나 친절하게 대하셨는지

손님이 팁도 주셨는데

엄마 본인이 아니라

손님의 자녀분에게 복돈으로 주라고 하셨습니다(엄마의 오지랖).

이번에 마리끌레르(@marieclairekorea) 5월 호는 엄마와 나의 에피소드를 재미있게 담아주셨습니다. 많은 부분이 지면 한계로 편집되어 아쉬운 마음에 몇 부분만 소개하려 합니다.

'그러나 나의 치닥거리를 하느라 너무 고생시키는 것이 아니냐고 엄마 지인의 걱정을 듣기도 한다. 정말 나는 '악덕 사장' 딸이고 엄마는 '불쌍한' 엄

마일까?'

'엄마의 월급은 100만 원. 얼마든지 착취를 할 수 있는 구조 속에 너무 적은 금액이지만 그 100만 원조차도 수입이 없어서 월급은 계속 밀린다. 오지랖으로 하지 않아도 되는 일까지 엄마는 정말 열심히 일하지만 월급이 밀려도 되는, 이렇게 좋은(?) 직원은 어디에도 없다. 또 밤에 일을 시켜도(?) 된다. 내가 아플 때도 바쁠 때도 엄마는 묵묵히 내 일까지 감당하는 우렁각시 직원이다.'

'모든 식당 주인과 스타트업 대표가 팀원을 구하고 관리하는데 사용되는 경제적 비용뿐만 아니라 정신적 스트레스를 생각하면 나는 정말 '꿀을 빠는 것'이 틀림없다.'

'엄마는 돈을 위해 움직이지 않는, 열정 페이에 익숙한 매우 근대적 인물이다. 그러다 보니, '진심은 통한다'는 그 이상한(?) 하나의 신념 때문에 생기는 엉뚱한 에피소드가 많다.'

'처음 서빙을 할 때 엄마는 정말 촌스러움 그 자체였다! 첫날, 길이는 핫팬츠 수준이지만, 핫팬츠의 섹시함은 하나도 찾아볼 수 없는 후질근한 질감의 말 그대로 '집에서만 입는 촌스러운 바지'를 입고 나타났다. 엄마는 무엇이 문제인지 전혀 느끼지 못했다. 왜냐면, '히피 엄마(hippy mummy)' 입장에선 후질근한 바지, 외모는 문제가 아니기 때문이다!'

'나이 든 여성은 무시 받기 쉬운 사회다. 그 명찰 하나만 달면 많은 손님이 엄마의 전문성을 존중하고 리스펙 하는 것이 느껴짐에도 불구하고, 엄마는 그 명찰을 달지 않아도 당당하면 된다며, 명찰 보고 리스펙하는 것은 '사기' 라며 깔깔 웃고 만다.'

'주인과 직원의 위계에서 착취구조가 만들어지는데, 월급도 못 받는, 일명 '잔소리를 전문(?)'으로 삼는 윗사람에게 일을 많이 시키면 그것도 착취인가? 사업자 등록증 대표는 나일지라도 실세는 내가 아닌데, 왜 나는 엄마를 착취하는 사장이자 등골 브레이커 딸로 등극하고 있는가?'

'물론 엄마는 말에 'must/should'가 들어있어도 자신의 걱정 어린 말을 '참고(레퍼런스)만' 하라고 한다. 그러나 어릴 때부터 효녀 딸이, 사장이 되었다고 엄마 직원의 '해야지' 화법을 듣고 어떻게 참고만 하겠는가.'

'그럼에도 엄마만한 동료, 직원, 상사는 없다. 나는 엄마의 건강이 허락하는 한 엄마의 지혜를 배우고 싶다. 그리고 성공해서 뿌듯함으로 갚아드리고 싶다. 물론 엄마의 꼰대성에 대해서는 쉬지 않고 성토하는 중이다.'

그럼에도 불구하고, 사랑합니다, 마미!

에필로그 세 번째

우아한 히피, 수많은 지수님을 위하여

그녀는 정말 천년식향을 사랑한다. 3년 동안 특별한 날에는 꼭 얼굴을 보인다. 반갑다. 특별한 날 지수님 예약이 없으면 궁금하다.

처음 온 날은 기억나지 않는다. 나의 기억은, 커플이 와서 먹고 부모님 모시고 온다고 이것저것 물었고, 잊어버렸다가 정말 부모님을 모시고 온 날부터이다. 본인이 돈을 낸다고 코스요리를 시켰다. 제로페이를 처음 사용한 손님인데 실은 그 방법을 몰라 손님인 지수님과 의논해서 결제한 기억이 있다. 상견례 비슷한 자리의 여성이 주문한 코스요리, 제로페이도 특별하게 기억에 남지만 정작 나의 뇌리에 분명하게 박혀 있는 것은, 와인 주문시의 지수님의 결연한 표정이다. 시아버지 되실 분이 며느리가 돈을 낸다고 하니 저렴한 와인을 선택하셨고 그 정도면 괜찮을 것 같아 나도 추천했다.

그러나 지수님은 더 비싼, 본인의 얼굴 같은 라벨이 있는 와인을 선택했다. 그 라벨 얼굴과 지수님의 얼굴이 너무 닮아 있어 아직도 기억한다. 당연히 와인을 맛있게 드셨고 부모님은 아주 만족하셨다. (예비)며느리가 사주는 식사라 그런지 정말 함박웃음으로 가게를 나가셨다. 와인병을 기념하겠다는 지수님은, 마지막 순간 와인병을 놓고 갔고 나는 한동안 그 와인 병을 보관했다(한참 만에 온 지수님은 그날도 깜빡 놓고 갔다). 이후 지수님은 파트너와 결혼한다고 같이 왔다. 그리고 결혼했고 지금도 잊어버릴 만하면 얼굴을 보인다. 그저 반갑다. 지수님은 천년식향이 고민하는 것을 같이 고민해준다. 와인 품평도 해준다. 비건의 대중화, 가격, 음식, 저염 문화 등…. 정말 많은 토론을 했다. 책 출간으로 몇 가지 더 이야기했다. 그중 기억에 남는 것이 있다.

천년식향은 비건이라는 가치 소비도 있지만 '우아한 히피' 같은 느낌이라 특별해서 좋다는 것이다. 음식도 맛있지만 한국에서는 절대로 살아남을 수 없는(가슴 아프다) 특별한 철학이 있는 다이닝이라서 좋단다. '우아한 히피'…. 감사한 표현이다. 우아하지는 않지만 나의 삶은 어떤 점에서 히피 같기 때문이다. 히피란 탈사회적 행동을 하는 사람, 어쩌면 문제일 수 있는 사람을 가리킨다. 그럼에도 사전적 의미 그대로, 기성의 사회통념, 제도, 가치관을 부정하고 인간성의 회복과 자연에의 귀의 등을 강조하며 평화주의를 주장하는 그 히피의 삶은, 천년식향의 가치와 만난다. 기존의 규범성을 지킨다는 것은 안전할 수 있지만 지루하고 재미없다. 물론 재미만 가지고는 살 수 없지만 온라인 세상에서 디지털 프로그램 만지는 일을 하는 지수님의 이야기는 그 자체로 재미있다.

2030 지수님 부부의 재미난 미래를 기원한다. 또 '우아한 히피' 같은 천년식향의 음식, 공간, 의미 등이 영원했으면 좋겠다. 그래서 지수님의 아이들이 이러한 공간을 즐기는 '창의적 히피'가 되면 좋겠다. 정작 내가 지수님을 청한 이유는, 반짝거리는 지수님 같은 손님이 천년식향을 이어가고 있기 때문이다. 만나고 싶은 다른 '지수님'들이 너무 많지만, 탈서울로, 또 임신, 시험 등 새로운 준비를 하느라 정신없었다. 참 손님 '지수님'뿐만 아니라 그간의 '식구들' 정선, 예하, 어린, 희수, 다인, 신지 그리고 최근의 정민까지 이들 역시 천년식향을 이어가는 보배들이다.

앞으로도 천년식향은 수많은 '지수님'들을 위해 묵묵히, 때로는 시끄럽게 혁신할 것이다. 새로움을 곧 소개할 수 있다니, 그 기다림이 요즘 나의 즐거움이다.

꼰대 소통 십계명

1. 꼰대라는 말을 들어본 적이 있는지, '누구'를 꼰대라고 말하는지 살핀다.
2. 그들이 왜 꼰대를 싫어하고 비판하지 '그들'이 누구인지를 살핀다.
3. 만약 내가 꼰대라고 명명되기가 불편하다면 왜 불편한지 그 마음을 '솔직하게' 드러낸다.
4. 동시에 나의 부족함과 장점이 무엇인지 다양하게 생각한다.
5. 만약 상대방의 말을 듣는 것이 불편하다면 나도 꼰대일 수 있다는 것을 '스스로' 인정한다.
6. 내가 꼰대라는 것을 인정한다면 말하기보다 일단 듣는 연습을 한다.
7. 상대방의 말을 듣다 보면 내가 어떤 사람인지 알게 된다.
8. 혹 누구와 연결되고자 한다면 '누구'와 어떻게 연결되고 싶은지 살핀다.
9. '상대방'에게 다양한 방식으로 왜 연결하고 싶은지 솔직하게 말을 건넨다. 그러나 상대방의 뜻을 존중해야 한다.
10. 결국 꼰대가 나이든 잔소리꾼이 아니라 '살맛 나는' 세상을 원하는 자라면 꼰대 스스로 자신이 누구인지를 솔직하게 배워야 한다. 물론 상대방도 배워야 한다.